LA SONATE OUBLIÉE

Christiana Moreau

LA SONATE OUBLIÉE

PRÉLUDES

L'image reproduite à la page 38 de ce livre de même que le texte original de la lettre traduite par l'auteur à la page 228 proviennent du livre *La Pietà a Venezia*, Istituto provinciale per l'infanzia Santa Maria della Pietà, 2008. Leur reproduction a été aimablement autorisée par l'Institut provincial pour l'enfance Santa Maria della Pietà.

Les citations de la page 76 (« Pour l'étranger… événement propice ! ») et de la page 148 (« On y jouait… des malchanceux ») sont reproduites avec l'aimable autorisation de Luca et Daniela (www.e-venise.com).

Couverture : © Mark Owen / Trevillion Images.
Préludes est un département de la Librairie Générale Française.

ISBN : 978-2-253-10781-1

À Louis, né dans un petit nid d'amour,
durant l'écriture de ce roman.

Je n'ai l'idée de rien d'aussi voluptueux, d'aussi touchant que cette musique : les richesses de l'art, le goût exquis des chants, la beauté des voix, la justesse de l'exécution, tout dans ces délicieux concerts concourt à produire une impression qui n'est assurément pas de bon costume, mais dont je doute qu'aucun cœur d'homme soit à l'abri.

Ce qui me désolait était ces maudites grilles, qui ne laissaient passer que des sons, et me cachaient les anges de beauté dont ils étaient dignes.

Jean-Jacques Rousseau,
Les Confessions (Livre XII).

I

À droite de la rue John Cockerill, lorsqu'on vient du pont de Seraing, on trouve une succession de ruelles transversales quadrillant un quartier ensommeillé dans l'abandon des fermetures d'usines.

Jadis, il était animé par des familles prolétaires, belges d'abord, ensuite immigrées italiennes, qui occupaient les habitations ouvrières. Ces alignements de maisons en briques rouges côtoyaient parfois de belles demeures d'un siècle précédent, maisons de maître qui avaient abrité des notables prospères lorsque la ville de Seraing disposait encore des plus importantes fabriques d'Europe ; le premier complexe industriel intégré comprenant un haut-fourneau, des fonderies, des forges, des laminoirs et des ateliers de construction mécanique.

Peu à peu, les dirigeants avaient déserté ces rues poussiéreuses pour de nouveaux quartiers résidentiels à l'orée du bois, ne souhaitant plus se mêler à la population subalterne, ni respirer les volutes épaisses de fumée âcre crachées nuit et jour par les cheminées de l'aciérie.

Aujourd'hui ces venelles se sont en partie vidées de leurs ouvriers, remplacés par des immigrés turcs, africains ou par des sans-papiers, mélangés aux anciens habitants qui y restent encore.

Quand ces citoyens sortent de chez eux pour regagner la rue principale, ils se trouvent face à une haute muraille grise qui court sur toute la longueur de la rue Cockerill. Un mur pour seul horizon, qui leur barre la vue sur les industries.

Le tout dernier haut-fourneau vient de fermer après des décennies de déclin.

Ce matin-là, quelques nuages ouateux aux contours lilas voyagent par-dessus l'enceinte du site désolé. Les autorités communales ont enfin décidé de la rénovation et la transformation de ce chancre : wagons rouillés, rails arrachés, amas de tôles et de ferraille, bâtiments écroulés, fantomatiques, où poussent des arbres improbables, plantes invasives sous des couches de poussière noire. Pour faire place à un nouvel édifice à l'architecture contemporaine comprenant appartements, bureaux et magasins. La rue Cockerill sera réaménagée avec intégration de voies de circulation propres pour les transports en commun, pistes cyclables, espaces piétonniers et zones vertes.

Excité par l'événement qui se préparait, Kevin courait sur les pavés descellés du trottoir en direction de la rue de l'Industrie. Déjà la foule commençait à affluer des rues avoisinantes pour le coup d'envoi de l'opération « Neocittà » qui devait donner le signal du départ de la revitalisation urbaine de la zone. Tous se pressaient à l'appel du bourgmestre pour la démolition du fameux mur. Il y avait là des badauds prêts à donner un coup de pioche symbolique, des curieux qui allaient enfin savoir ce qui se cachait derrière depuis des siècles, des rêveurs espérant que la destruction leur offrirait une perspective nouvelle et inonderait leur quartier de lumière.

C'est échevelé, transpirant et hors d'haleine que Kevin arriva au domicile de Lionella Petrella. Son visage s'était empourpré tandis qu'il tambourinait sur la porte. Il respira à fond pour tenter de reprendre son souffle. Des pas comme des caresses... légers et fluides, à peine audibles... Il imagina la petite fée blonde qui approchait. Son cœur cognait trop fort. Il n'aurait pas dû courir. Un grincement de gonds rouillés plus tard, une fente s'entrouvrit ; Lionella était là. Son visage pâle avait l'éclat de la nacre dans la pénombre et ses yeux brillaient si fort...

— Kevin ? Qu'est-ce qui t'arrive ? Tu es tout rouge !

— J'ai couru... Tu ne viens pas ?

Sans se donner la peine de répondre, Lionella ébaucha un geste nonchalant de la main qui signifiait négation, lassitude, indifférence.

— Pourquoi ? murmura Kevin, déçu.

— Trop de monde... pas la tête à ça...

— Mais... plaida le jeune garçon, ce mur, nous l'avons toujours connu, nos parents... nos grands-parents aussi...

Il tendit la main vers la jeune fille, une main dans laquelle il tenait un burin et un marteau.

— C'est une démolition symbolique ! Tu ne veux pas emporter un morceau du Seraing d'hier ?

L'adolescente haussa les épaules, repoussa une mèche cendrée échappée de son chignon enroulé à la va-vite.

— N'exagère pas, ce n'est pas le mur de Berlin !

— Alors, vraiment, tu ne viens pas ? bredouilla-t-il en dévorant du regard le visage adoré, les yeux embués d'amertume. Pourtant, ton grand-père italien a travaillé dans ces hauts-fourneaux jusqu'à la fin de sa vie... Il a quitté son beau pays pour s'enfermer derrière la grisaille de ce mur !

Lionella, déconcertée par ces yeux larmoyants, radoucit sa voix. Le dépit de son camarade la désarmait.

— Écoute, Kevin, j'ai des soucis, j'ai envie d'être seule. Tout ce monde dans la rue m'étouffe. J'ai besoin de réfléchir, de prendre des décisions... Tu peux comprendre ? Tu n'es plus un enfant, dit-elle d'un air de petite femme sérieuse.

Kevin hocha la tête en reniflant.

— Je peux t'aider ?

— Je crains que non. C'est la musique, soupira-t-elle.

— Ah ? La musique...

Bien sûr, c'est la musique, et lui, il n'y connaît rien, il ne peut rien pour elle. Elle est tellement douée ; c'est une magicienne, une princesse, tandis qu'il n'est qu'un pauvre crapaud incapable de se changer en prince, même en admettant – fait improbable – qu'elle lui donne un baiser…

— Mon professeur de violoncelle m'a inscrite au concours Arpèges… Un concours prestigieux qui s'adresse aux meilleurs étudiants, avec un jury très exigeant, des musiciens de haut niveau…

— Super ! Tu vas passer à la télévision ?

— Je ne suis pas prête, je ne peux pas !

— Je suis sûr que si, tu es la meilleure…

— Tu es bien gentil mais pas très objectif. Je suis certaine qu'on sera des dizaines à jouer des concerti de Vivaldi ou des suites de Bach… C'est écœurant… soupira-t-elle. Si je pouvais trouver une œuvre plus originale pour éveiller l'intérêt du jury… sortir du nombre…

— Alors… tu ne viens pas ? risqua Kevin.

— Non, laisse-moi, je suis déprimée. Vas-y, toi. Salut ! dit-elle en s'effaçant derrière la porte qu'elle repoussait.

Il n'y eut bientôt plus qu'une étroite lézarde suivie d'un claquement qui retentit dans la tête de Kevin comme un grand fracas. Il demeura pétrifié un long moment puis se décida à tourner les talons avant d'être avalé par la foule, emporté au pied du mur, où il se mit à donner des coups de burin rageurs.

Des coups à s'en faire des ampoules aux mains, des coups qui eurent néanmoins la faculté de le calmer. Alors il s'arrêta, épuisé, baissa les yeux vers les débris éclatés à ses pieds et ramassa un morceau de briquaillon qu'il glissa dans la poche de son jean avant de remonter la rue éventrée.

*

La porte à peine refermée, Lionella se réfugia dans sa chambre. Affalée sur le lit, elle sombra dans des rêvasseries en s'adonnant à son passe-temps préféré : la lecture de plafond. Ses yeux en amande fixaient cette page blanche, scrutant chaque fissure, chaque craquelure de peinture, s'arrêtant un instant sur l'araignée dans sa toile, sur la chorégraphie des mouches autour du luminaire… Tiens… une empreinte de pas… la trace d'une semelle… Non, je n'ai pourtant pas marché au plafond… Ah oui… une chaussure lancée un jour d'exaspération…

Indolente, elle s'étira sur la couette en se remémorant son enfance avec Kevin. Elle avait passé le plus clair de son temps en sa compagnie. C'était un garçon étrange. Il se passionnait pour la nature, les oiseaux, les plantes, les insectes… Le seul environnement qui puisse assouvir sa curiosité à Seraing se situait sur le site d'usines désaffectées où l'on pouvait observer les têtards dans les mares saumâtres. Il y avait toujours des pierres bizarres qui brillaient au soleil, comme des diamants noirs ou d'autres incrustées de pyrite semblables à des pépites d'or, et des cailloux empreints de coquillages fossiles sortis des entrailles de la terre. Il lui racontait qu'une mer chaude et peu profonde recouvrait Seraing des millions d'années avant que l'homme n'existe et il exhibait sous ses yeux incrédules ce schiste archaïque imprégné de coraux comme preuve irréfutable.

— Tu vois, il n'y a que dans les lagons exotiques qu'on trouve du corail !

Lui seul avait le pouvoir de l'entraîner en cachette – si ses parents avaient su qu'elle vadrouillait ainsi ! – dans des endroits où personne n'allait et qui avaient un délicieux goût d'interdit. Kevin, gentil, attachant mais si simple. Un destin tout tracé alors que pour elle, la vie semblait tellement plus compliquée !

Dès l'âge de cinq ans, ses parents, Carla et Paolo, musiciens tous les deux, l'avaient inscrite au cours de violon. Il y avait toujours eu une tradition musicale dans sa famille italienne. Son grand-père avait emporté son violon dans ses maigres bagages d'émigré : il sonnait comme une crécelle mais l'avait consolé du mal du pays... Quand elle avait commencé à pratiquer l'instrument, son frère, Domenico, de six ans son aîné, se débrouillait déjà bien avec le sien. Il parvenait à en sortir des sons qui ne grinçaient plus, qui commençaient à vibrer harmonieusement. Il jouait avec succès de petites pièces aux concerts de l'académie de musique et aux fêtes de famille. Comment rattraper le temps, les heures et les années d'exercices, de gammes ? Si jeune, elle sentait qu'elle serait toujours à la traîne de son frère et qu'on ne pourrait s'empêcher de les comparer. Cela la mettait mal à l'aise, d'autant plus qu'elle adorait Domenico et ne voulait pas être en compétition avec lui. Après deux ans de tâtonnements, elle se dit qu'il serait mieux pour elle de choisir un autre instrument ; un violoncelle, par exemple... pour elle toute seule ! Personne n'en jouait chez elle. Elle en avait entendu le son à l'académie et il la charmait. Résolue dans ses réflexions de petite fille, elle avait affronté sa mère, du haut de ses sept ans. Celle-ci avait levé les bras au ciel avec des exclamations exaspérées devant ce qu'elle considérait comme un caprice d'enfant. Obstinée, la fillette avait tenu bon, refusant désormais de toucher au violon. De guerre lasse, Carla lui avait dit :

— Donne-moi trois bonnes raisons de préférer le violoncelle et on verra si ça se défend.

La petite avait saisi l'occasion et, sans hésiter, lui avait répondu :

— Un, le violoncelle a une belle voix grave qui ressemble à celle d'un papa... Deux, on peut le prendre dans ses bras comme un ami... Trois, on pourra jouer en trio en famille ; papa au piano, Domenico au violon et moi au violoncelle !

Désarçonnée, Carla avait fini par céder, médusée de découvrir autant de détermination chez sa fille.

Lorsque l'objet tant convoité était arrivé, Lionella l'avait accueilli, folle de joie, en le plaçant contre son cœur, avec un bonheur encore jamais éprouvé dans sa jeune existence. Déjà toute petite, elle se sentait en osmose avec cet instrument si sensuel qu'on enlace presque comme un corps. Le violoncelle était entré dans sa vie et ne la quitterait plus.

Dès lors avait commencé la longue initiation, les heures de travail et d'amusement, de découragement et d'allégresse.

Ses journées ressemblaient à celles de toutes les filles de son âge, école, jeux, bavardages, mais le soir c'était académie, apprentissage, musique et encore musique.

Parfois, cette passion se changeait en haine. Tout ce labeur, maintes fois recommencé, le mal de dos, les durillons aux doigts. Son quotidien ondulait entre vagues d'euphorie et de dégoût. C'était dans ces moments de découragement qu'elle s'échappait avec Kevin. Elle sentait confusément qu'il était lui aussi différent, inadapté, comme étranger aux copains de classe et, s'ils n'avaient guère de goûts semblables, cette différence les unissait pourtant lors de leurs évasions communes.

Puis était venue l'heure des choix.

Elle prétendait haut et fort qu'elle ferait des études de langues romanes ou de philosophie, au grand regret de Carla. Mais c'était surtout par bravade. Elle n'échappait pas à l'esprit de contradiction et au goût de la provocation propres à l'adolescence, au plaisir de fronder.

— Moi, j'irai à l'université, proclama-t-elle un jour devant sa mère, je ne veux pas faire d'études musicales comme vous tous, comme toi et papa, comme mon frère. Vous êtes ignorants de tout ce qui ne touche pas à la musique. En somme, vous êtes des manuels, avec vos gestes répétitifs, moi, j'aime le travail intellectuel. J'aime lire, écrire, réfléchir. Je veux une vie normale avec un travail normal.

— Quel dommage de gâcher ce don que tu as reçu, répliqua sa mère.

— De toute façon, tu te fiches de savoir que tu as bousillé ma vie !

Interdite, Carla fixa sur elle un regard décomposé.

— Comment ça, bousillé ta vie ? balbutia-t-elle. Je ne vois pas ce que tu veux dire…

— Si, tu vois ! s'écria Lionella. C'est à cause de toi que je suis comme ça ! À cause de tes prétentions artistiques. Tu as voulu que je sois ce que tu n'as pas réussi à être. C'est ta faute si je suis une extraterrestre qui ne plaît à personne…

Sa mère gémit en cachant son visage dans ses mains et quitta la pièce, bouleversée, sans ajouter un mot. Elle culpabilisait. Sa fille la ramenait vers des souvenirs qu'elle aurait préféré oublier : sa jeunesse dissolue après le diplôme du conservatoire, pourtant obtenu haut la main. Elle avait une magnifique voix de soprano mais faire la fête avec ses amis l'intéressait beaucoup plus. Elle était encore très jeune, elle aurait bien le temps de travailler plus tard. Elle se remémorait ses errances et ses bêtises juvéniles, mais aussi la bohème partagée avec celui qui n'était pas encore son mari. Avec lui, il y avait eu les chansons aux terrasses des restaurants pour payer un repas, le squat avec les copains, les rires et les larmes. Elle revoyait ce soir d'été où ils avaient si faim que, passant devant une fenêtre ouverte au rez-de-chaussée d'une maison, ils s'étaient introduits dans la cuisine et avaient dévalisé le frigo, dévorant la nourriture sur place. Ils avaient multiplié les fredaines jusqu'au jour où elle était tombée enceinte de Domenico. Le rêve d'une belle carrière à l'opéra se brisait. Comment concilier de longues heures de répétitions avec un bébé ? Heureusement, Paolo avait pris son rôle de père au sérieux. Ils avaient trouvé un appartement et s'étaient mariés. Dès lors, elle était devenue une mère exemplaire. Une *mamma* italienne, se consacrant exclusivement à ses enfants, centre de toutes ses attentions. Désormais ils vivraient intensément la musique et elle serait remplie de fierté devant leur réussite.

Tout ce passé de non-dits, Lionella le devinait, saisissant çà et là une réflexion, une bribe de conversation, une allusion. Elle avait en partie reconstitué un puzzle à partir de ce que Carla s'ingéniait à gommer. Sous la rigueur maternelle, elle flairait un vent de liberté étouffée et cette dissimulation la mettait en colère. Elle s'évertuait souvent à provoquer sa mère par des bravades.

Pourtant, à dix-sept ans, lorsqu'elle acheva son année de terminale avec succès, elle ne s'inscrivit pas à l'université, contrairement à ce qu'elle avait déclaré. Au fond d'elle-même, elle avait toujours su qu'elle ne pourrait faire autre chose que de la musique.

— Je choisirai peut-être les langues romanes après le conservatoire, ce sera encore possible dans quelques années, tandis que si j'arrêtais la musique maintenant, ce serait fini, je n'y reviendrais plus, décrétait-elle pour justifier son revirement.

Mais en affirmant cela, surtout à l'intention de Carla qui se gardait bien de triompher, elle cherchait avant tout à se rassurer.

Lionella était sans cesse écartelée entre le désir d'être semblable aux filles de son âge et la certitude d'être différente. Elle avait beau se triturer les méninges, elle ne comprenait pas comment celles-ci s'arrangeaient pour darder les garçons de regards incendiaires ou glaçants qui les foudroyaient de désir ou les rejetaient, anéantis, dans des gouffres polaires. Parfois, dans la solitude de sa chambre, elle se plantait devant son miroir et tentait en vain de lancer des œillades assassines ou captivantes à son reflet mais se trouvait gauche et ridicule. Il lui arrivait de coller sa bouche contre la glace en fermant les yeux comme au cinéma, de passer sa langue sur la surface froide pour mimer un baiser qu'elle n'avait jamais reçu. Elle enviait ces nymphettes insouciantes et désinvoltes, les trouvait délicieusement idiotes et superficielles, ne pensant qu'aux fringues, aux chanteurs pour ados et aux conquêtes masculines. Elle aurait adoré avoir un amoureux, mais aucun soupirant ne l'invitait à sortir, personne ne la draguait et, du reste, personne ne lui plaisait. Il y avait un abîme entre elle et les jeunes qui l'entouraient. Son physique, pensait-elle, ne lui permettait pas d'être à la page. Elle était grande, mince, avec une poitrine menue et des hanches étroites. Une longue chevelure cendrée auréolait son visage très pâle, sur lequel le moindre maquillage semblait outrancier. Elle présumait que les garçons n'étaient pas attirés par son allure de vierge florentine. Elle aurait tant aimé avoir de gros seins. Dès la puberté, les filles à l'école ne parlaient que de ça en se moulant avec impudence dans des t-shirts en lycra ou en laissant bâiller un pull trop large sur leur décolleté bien gonflé. Ses prières à la Sainte Vierge pour en implorer de semblables n'y avaient rien fait. Sans cet atout imparable, comment appâter les garçons ?

Un jour, à la sortie du lycée, un homme d'une quarantaine d'années était venu rôder autour de son groupe. Ne regardant qu'elle, il s'était présenté en expliquant qu'il était artiste peintre. Indifférent aux autres filles, il lui avait demandé si elle accepterait de poser pour lui. Tétanisée, elle ne savait que répondre, tandis que des Marilyn de banlieue, indignées d'être snobées, lui glissaient des propos aguichants :

— Vous avez des goûts bizarres ! Vous ne nous trouvez pas plus sexy qu'elle ?

— Vous feriez mieux d'aller vous démaquiller ! avait-il répliqué d'un ton dédaigneux.

Un des garçons de la bande, petit coq du poulailler, s'était écrié :

— Mais pourquoi elle ?

— Parce qu'elle a la grâce des modèles de Raphaël, avait-il répondu avec condescendance à l'adolescent boutonneux.

Bien sûr, Carla avait catégoriquement refusé, déclarant que c'était peut-être un dangereux pédophile, mais Lionella aimait se répéter les paroles du peintre. « J'ai la grâce des modèles de Raphaël. » Dommage que ce compliment lui vienne d'un vieux !

Ses condisciples étaient si frustes, infantiles et inintéressants. Ils ne comprenaient pas pourquoi elle passait tant de temps enfermée avec son violoncelle au lieu d'aller boire de la bière, de danser et de faire la fête avec les copains.

Seul Kevin concevait sa passion. Il enviait cet engouement, fût-ce pour un instrument. Il adorait l'écouter jouer et pouvait rester assis des heures sans bouger dans un coin de la chambre tandis qu'elle exécutait sa partition. Lionella aimait le savoir là, admirateur silencieux. Kevin demeurait après toutes ces années son seul véritable ami. Familier et commode, bienveillant bien qu'un peu rustique, c'était un bon camarade sur lequel elle pouvait compter.

— Lio, qu'est-ce que tu fais ? cria Carla qui n'entendait aucun bruit provenant de la chambre.

— Rien ! Je réfléchis !

— Tu devrais te mettre au travail pour le concours Arpèges ! Tu as choisi ton morceau ?

— Non... Rien ne me plaît !

— Tu exagères ! Prends un Bach... Un Paganini... ou Fauré, si tu préfères. Tu veux que je t'aide à choisir ?

— Surtout pas ! Tu vas encore me recommander un truc rabâché dix mille fois. Je ne veux pas d'un morceau que tout le monde joue, c'est du réchauffé, c'est banal !

— Bon... Mais quoi, alors ?

— Pff ! Laisse-moi réfléchir, tu me déranges.

Elle enfonça les écouteurs dans ses oreilles pour ne plus l'entendre prodiguer ses conseils et reçut une secousse sismique énorme, un attentat guitaristique. Tandis que Motörhead lui emplissait la tête, elle ferma les yeux et ne tarda pas à s'endormir dans cette tempête sonore de hard-rock.

II

Kevin déambulait, comme chaque premier samedi du mois, sur l'esplanade de l'Avenir divisée en emplacements que se partageaient des brocanteurs et des particuliers pour d'occasionnels vide-greniers. Pour rien au monde il n'aurait raté ce rendez-vous mensuel. Curieux, toujours à l'affût d'insolite, il aimait flâner au marché aux puces parmi les vieilleries qui devaient toutes cacher une histoire. Il se plaisait à deviner leurs secrets, imaginait les existences romanesques de leurs anciens propriétaires et se répétait, à l'instar de Lamartine, « Objets inanimés, avez-vous donc une âme » ? L'ambiance de bricoles, fripes et antiquailleries l'attirait. De temps à autre, il dénichait un objet désuet et, habile bricoleur, lui rendait une seconde vie. Sa chambre qu'il partageait avec son frère Jason était un vrai capharnaüm de bidules surannés entassés au grand dam de sa mère. Jason stockait aussi des choses, mais plutôt des pièces de bagnoles et de motos dont le cambouis séché encrassait le carrelage de leur piaule.

Kevin musardait depuis un moment quand, il ne sut pourquoi, son œil fut attiré au milieu du bric-à-brac par une cassette en métal entrouverte sur un livret et une liasse de papiers jaunis. Il se pencha pour ramasser ce coffret, tout en cherchant des yeux la propriétaire du fourbi.

— Je peux regarder ?

— À ton aise, petit.

Il ouvrit le couvercle et sortit un cahier épais, de format modeste, habillé d'une couverture de peau cousue par deux fines lanières de cuir. Il feuilleta avec délicatesse les pages sur lesquelles s'étalait une écriture serrée, avec ses pleins et ses déliés. Des phrases rédigées dans une langue étrangère, probablement de l'italien.

Si Lionella était ici, elle pourrait à coup sûr me renseigner, se dit-il.

Sous le livret se cachait un rouleau de feuilles retenues par un ruban déteint. Il le fit glisser et découvrit des partitions musicales. Dans le coin supérieur gauche, les mots, « *Sonata per violoncello* » lui sautèrent aux yeux. Son cœur bondit dans sa poitrine. Quelque chose lui disait que son amie serait intéressée par cette boîte qui contenait encore, tout au fond, sous les papiers, une médaille en cuivre ou en bronze à la forme bizarre, ou plutôt une demi-médaille, comme si quelqu'un s'était amusé à la scier. Fébrile, il rangea le tout dans le coffret et demanda à la dame qui l'observait :

— Combien ?

— Euh… commença la femme, hésitante. Dix euros.

— Dix euros pour ce vieux truc tout poussiéreux ? Cinq ! marchanda-t-il.

— Sept ! répliqua la dame.

— OK, fit-il en sortant des pièces de sa poche. Qu'est-ce que c'est ? Ça vient d'où ?

— Je ne sais pas, dit-elle en prenant l'argent, je l'ai eu avec un lot de vieilleries dans une vente aux enchères. Cela traînait dans ma cave avec tout un bazar, fallait que je déblaie pour faire de la place.

— Tout de même, vous auriez pu me le laisser pour cinq euros !

La marchande examina le jeune garçon de la tête aux pieds en cogitant puis lui rendit une pièce de deux euros.

— Tiens, je suis trop bonne ! Tu as raison, ce sont des rogatons.

— Merci, madame, dit Kevin, satisfait, en emportant son butin.

Il traversa l'esplanade de l'Avenir en évitant les vendeurs et prit la rue Cockerill en direction du pont de Seraing. Il était si excité et impatient de montrer sa découverte à Lionella qu'il ne se donna même pas la peine de rentrer chez lui et remonta toute la rue jusqu'à la perpendiculaire où demeurait son amie. Sur le chemin, il regardait distraitement grues et bulldozers au travail. Le temps des usines en ruine s'évanouissait. Bientôt, plus personne ne se souviendrait qu'il y avait eu ici un mur courant sur toute la longueur de la chaussée crasseuse en passe de devenir un boulevard moderne.

Il frappa à la porte et la mère de Lionella vint lui ouvrir.

— Ah ! Bonjour, Kevin, tu vas bien ? Lio est dans sa chambre… comme d'habitude, ajouta-t-elle.

Elle lui passa la main dans les cheveux comme quand il était enfant. Pour elle, il était toujours le gentil gamin, copain d'enfance de sa fille, qui arrivait à la distraire les mauvais jours.

Il monta l'escalier sans se faire prier et gratta à la porte de la chambre.

— C'est moi… Kevin !

— Ah ? Entre et referme derrière toi. Je suis censée travailler.

— Et ce n'est pas le cas ?

— Non, pas envie ! Je ne faisais rien. Absolument rien. Je suis dégoûtée.

— C'est pourtant super de passer à la télévision !

— Pff ! Tu ne vois que ça, toi ! La télévision ! Ce n'est pas la Star Academy ! C'est du sérieux !

Il contemplait le jeu de mains de Lionella qui rassemblait ses cheveux et les tordait en un chignon approximatif et pourtant si charmant. Il n'était jamais parvenu à comprendre comment les filles pouvaient exécuter des gestes aussi gracieux de manière machinale. Il était fasciné par la spontanéité de cette pantomime féminine.

Il émergea de sa rêverie et s'aperçut qu'il serrait avec raideur la boîte métallique contre sa poitrine.

— Tiens, dit-il en lui collant son cadeau dans les mains. Pour toi…

— Pour moi ?

Elle observa quelques instants la cassette, passa les doigts sur le métal oxydé avant d'en soulever le couvercle. Elle ouvrit le cahier et parcourut des yeux la page qui s'offrait à elle.

— C'est de l'italien.

— Je m'en doutais, répondit Kevin. Tu comprends ?

— Oui… Je parle bien italien, c'est ma langue maternelle… sauf que… certains mots sont bizarres… Ça doit être de l'italien ancien.

Elle saisit la liasse de papiers jaunis qu'elle déroula et fronça les sourcils en les parcourant avidement.

Kevin avait l'impression de s'être dissous dans l'atmosphère de la pièce. Il n'osait bouger de peur de troubler la concentration de celle qui avait oublié son existence. Il scrutait ses mâchoires serrées et les plis de tension sur son front bombé. Par moments, les lèvres de Lionella remuaient, mimant une mélodie intérieure qui se refusait à franchir la barrière de sa bouche.

Fasciné, il réalisait qu'elle « entendait » la musique dans sa tête sans avoir besoin de la jouer. C'était un grand mystère qu'il ne pourrait jamais approcher. Le silence tissait maintenant autour d'eux un voile invisible dans ce temps suspendu. Il se sentait largué, abandonné sur le rivage tandis que la barque glissait au loin, sans lui, sur un lac étranger.

Après un moment qui parut très long à son ami, Lionella troubla le calme qui s'était installé et alla prendre son violoncelle. Elle s'assit et planta la pointe métallique de la pique dans l'encoche de la planche afin de stabiliser l'instrument qu'elle attira contre elle, entre ses genoux. Enfin, elle disposa les partitions sur le lutrin.

Kevin retint son souffle car il allait découvrir ce qu'elle avait déjà perçu en quelques coups d'œil.

Le crin de l'archet frotta les cordes et des vibrations à la sonorité riche et profonde se déversèrent dans la pièce. Très concentrée sur les portées, elle déchiffrait, parfois hésitante, parfois confuse, cependant Kevin était admiratif. Soudain, elle s'arrêta et repoussa l'instrument, rompant l'enchantement. Ce fut comme si le fil sur lequel il évoluait, léger, dans les airs, se cassait et le précipitait sur terre.

— Où as-tu trouvé cela ? dit-elle au jeune garçon, subitement consciente de sa présence.

— C'est un cadeau, ça ne se dit pas, fit-il, gêné.

— Allez ! Déconne pas !

— Aux puces… Une bonne femme l'avait dans un fouillis de vide-greniers.

— Génial !

— Vraiment ? Ça te plaît ? dit-il, tranquillisé. J'ai lu « *violoncello* » alors j'ai pensé à toi…

— On dirait du Vivaldi… Une sonate de Vivaldi que je ne connais pas… Il faut que je déchiffre, que je travaille. Je pourrais peut-être jouer cette sonate pour le concours ! Je suis sûre que je serais la seule à l'interpréter !

Kevin, suspendu à ses lèvres, la voyait s'animer, s'exalter, et il était heureux de la transformation qu'il observait.

— Merci, dit-elle en posant un baiser sonore sur la joue du garçon aux anges. Et pas un mot de tout ceci, c'est confidentiel ! Ça reste entre toi et moi, d'accord ?

— Bien sûr ! répondit-il, enchanté de partager avec elle un secret. Attends, il y a encore quelque chose dans la boîte.

Il prit la médaille coupée qui pendait au bout de son ruban décoloré et l'attacha au cou de la jeune fille.

— C'est un porte-bonheur, j'en suis sûr ! Garde-la jusqu'au concours… murmura-t-il.

— Ce n'est pas terrible, comme bijou, fit-elle remarquer en examinant la pièce de cuivre oxydée et sciée, mais si tu le dis, alors va pour le porte-bonheur. Par contre, je vais au moins changer ce ruban qui est vraiment trop moche.

Je me demande à qui elle appartenait, songea-t-elle tandis que Kevin prenait congé, la laissant à sa flamme retrouvée.

Elle s'allongea sur le lit, bien calée contre ses oreillers, et ouvrit délicatement le cahier. Elle tourna les premières pages avec une infinie précaution tant elles semblaient fragiles, si fines, couvertes d'une jolie écriture serrée mais harmonieuse et équilibrée, comme une calligraphie artistique. Des pleins et des déliés avec des boucles compliquées, tantôt vers le haut, tantôt vers le bas, mais qui ne gênaient jamais la lecture.

Lionella, en parcourant les premières phrases, comprit qu'elle plongeait dans une sorte de journal intime. Au début, elle butait sur des paroles étranges mais bientôt elle glissa sur les tournures de phrases difficiles qui n'entravaient pas la compréhension générale et se laissa absorber par la page, s'y oubliant au rythme de mots sortis d'un autre siècle.

III

En cette année 1723, je venais d'atteindre ma dix-huitième année et je n'étais alors qu'une putta mezzana[1]*. Le jour de mon anniversaire, ma chère amie Angelica me fit don d'un élégant carnet qu'elle avait reçu de son père illégitime, un riche noble de Venise qui lui fait régulièrement envoyer de jolies choses : des robes en dentelle, des jouets, des bijoux... Ce calepin est un bel objet, paré d'une couverture de vélin retenue par deux lanières de cuir. En caressant le papier délicat, en vergeure ombrée, j'imaginai dès lors y consigner quelques moments de ma vie. Mais je remis à plus tard ces confidences, et finis par ne plus y penser.*

Deux ans plus tard, ma morne existence a laissé place à de nouveaux émois qui m'incitent à ouvrir ce cahier et à y coucher mes premiers mots. Jusqu'alors, mon sort a été si terne entre ces murs gris, mais aujourd'hui je pressens les prémices de changements qui pourraient bouleverser

1. En dialecte vénitien, jeune fille âgée de quatorze à dix-huit ans.

mon histoire. Je ressens ainsi l'envie de prendre la plume pour raconter ce qu'a été ma vie jusqu'alors. Mes éducatrices ont toujours affirmé que j'étais orgueilleuse et que l'orgueil ne sied pas à ma condition de pauvresse. Enfant, j'ai parfois été punie pour manque d'humilité. Pourtant, j'ai toujours su confusément que Dieu m'avait confié le don de pouvoir laisser une trace sur la terre des hommes.

Durant ces interminables saisons grisâtres, prisonnière de ma solitude et de mes angoisses, j'ai vécu recluse entre les murs oppressants de l'ospedale della Pietà[1] *auprès de mes compagnes d'infortune.*

D'après l'inscription au registre de la copiste, je suis arrivée dans la nuit du 5 au 6 décembre 1705. C'est à deux heures que la cloche a retenti et que la portière a ouvert le judas pour voir qui était là. Le ponton était désert. La personne – ma mère ? – qui m'avait déposée dans la niche creusée dans le mur, la scafetta, *s'était évanouie dans les ténèbres.*

Pour moi, comme pour toutes les autres, le rituel qui suivait était immuable.

La portière sortait le bébé de la roue d'abandon. Elle examinait s'il n'avait pas de parasites ou de maladie, sur une table de bois brut, dans une pièce sans chauffage. Elle le débarrassait ensuite de ses vêtements. Le plus souvent, il s'agissait de guenilles que l'on devait jeter

1. Hospice de Venise pour filles non désirées. Certaines y avaient été abandonnées. D'autres, de naissance illégitime, y étaient simplement placées.

tant elles étaient râpées ou déchirées. Quand toutefois ils étaient récupérables, on les vendait dans la boutique de la Pietà.

La copiste était chargée d'attribuer un nom au bébé, même si la mère en avait déjà donné un. Elle me nomma Ada et nota scrupuleusement les renseignements dans le registre.

Ma mère, aurais-tu aimé ce prénom ? En avais-tu préféré un autre qui a été effacé par ton geste ?

« 6 décembre 1705, à deux heures. Ada 38... »

38, le numéro de référence qui me suivra durant toute mon existence, comme une tache honteuse et indélébile...

« ... Emballée de griso[1]*. Portant une médaille de cuivre coupée en deux, représentant santa Anna... »*

Cette moitié de médaille que je porte au cou attachée à un ruban – sainte Anne éduquant sa fille, la Vierge Marie – est le seul bien que je possède, le seul lien qui m'unisse encore à toi, ma mère. Toi qui n'as pas pu m'élever et m'as abandonnée sous la protection d'une mère modèle. De ce signe de reconnaissance, tu as dû conserver l'autre moitié pour, peut-être un jour, me retrouver...

Chaque journée de ces dix-huit ans, je n'ai cessé de caresser des rêves fous, des espérances insensées. J'ai mis

1. Tissu de laine très grossier.

tout mon amour dans cette plaque de métal sciée que je chéris, preuve illusoire que tu m'as aimée puisque tu n'as pu te résigner à me perdre pour toujours, sans espoir de retour.

Après m'avoir attribué un prénom et un numéro, la copiste appela le médecin qui me marqua au fer rouge du signe P sur la partie supérieure du bras gauche. Ainsi, pour toujours, je porterai les stigmates de la Pietà dans ma chair.

Cette pratique qui peut sembler barbare n'est pourtant qu'un pis-aller destiné à protéger le bébé du vol lorsqu'il sera emmené à la campagne.

*De la mère nourricière employée par la Pietà qui m'éleva pendant trois ans, je n'ai aucun souvenir. Était-elle douce et aimante ? Ai-je couru pieds nus dans l'herbe fraîche d'une des îles de la lagune ? Me suis-je roulée sur le sable d'une plage avec les chiens ? Ai-je cueilli des fleurs sauvages en dérangeant papillons et abeilles ? Je n'ai aucune mémoire non plus de mon retour à Venise, lorsque j'ai commencé ma vie à l'*ospedale.

Les plus besogneuses d'entre nous, celles qui ne manifestaient pas de dons pour les domaines artistiques ou intellectuels, étaient nommées figlie del comune. *Leur apprentissage et leurs activités se concentraient autour des tâches ménagères, des soins aux malades, mais aussi de l'artisanat vendu ensuite à la Pietà, comme la dentelle ou la broderie. C'était une vie difficile et pénible mais somme toute meilleure que la piètre destinée qu'elles auraient connue, livrées au caniveau.*

Les plus douées, celles dont on avait repéré les dispositions pour les disciplines de l'esprit, ainsi que pour le chant et les instruments, étaient appelées figlie di coro. *J'eus la bonne fortune d'en faire partie.*

J'appris à coudre, à broder, à tisser le coton, la soie et le fil d'or. Mais on m'enseigna aussi la lecture, l'écriture, les mathématiques, le latin, la rhétorique et la religion chrétienne. Je reçus surtout une éducation musicale très poussée : solfège, chant, violon, hautbois, viole d'amour et violoncelle. Dans le temps suspendu de l'enfance, cette musique que j'étudiais avec application de longues heures durant était une occupation comme une autre. Comme la broderie ou la dentelle, elle demandait lenteur et patience.

Au commencement du monde, le silence. Puis vient l'harmonie, source de la musique.

C'est sous la direction de notre vieux maître de chapelle, Francesco Gasparini, que l'abbé Vivaldi, alors ecclésiastique de vingt-cinq ans, avait commencé sa carrière. Au début, il nous fit travailler le violon, puis d'autres instruments.

*Quelle différence d'enseignement nous découvrions avec lui ! Je n'étais encore qu'une toute petite fille mais, déjà, j'appréciais la jeunesse et l'enthousiasme de cet homme qui avait peut-être l'âge de mon père inconnu. La figure paternelle manquait tellement dans notre communauté que nous l'avions toutes adopté sur-le-champ. Il savait nous communiquer sa fougue, même s'il n'occupait ce poste que par intermittence, entre différents voyages. Chaque fois qu'il disparaissait, c'était un peu plus de tristesse qui s'abattait sur nous. Ce n'est que bien plus tard, à la mort de notre directeur – paix à son âme – que l'*ospedale *le rappela d'urgence, après quatre longues années d'absence. Il fut promu maître de concerts. Quelle joie que ces retrouvailles ! J'avais mis à profit ces quatre ans d'éloignement pour appliquer avec zèle ses recommandations. J'avais fait d'énormes progrès et, satisfait de moi, il estima que je devais cultiver le précieux don que le ciel m'avait prodigué.*

Merci, mon Dieu !

C'est à l'aube de cette année 1723 qu'il a commandé pour moi un tout nouveau violoncelle chez son luthier préféré, Matteo Goffriller. Ce dernier, qui était arrivé à Venise en 1685 pour travailler chez le luthier Martin Kaiser, est vite devenu le premier fabricant de violons de la ville. Son travail couvre toute une variété de styles et montre la forte influence de Crémone dans ses copies de Stradivari et d'Amati, mais ce sont surtout ses violoncelles qui ont établi sa réputation et lui ont permis de fonder l'école vénitienne de luthiers. Grâce à lui, Venise est aujourd'hui l'un des centres les plus importants de l'activité musicale. Il compte parmi ses clients les plus grands maîtres et virtuoses de notre époque. Vivaldi ne veut que lui, ne jure que par lui et se montre passionné par le mystère de la sonorité de ses instruments. Les matériaux qu'il utilise sont de la plus haute qualité et le vernis est d'une belle couleur orange-rouge intense.

On me remit un violoncelle si précieux, si cher que j'osais à peine le toucher. Un violoncelle qui avait coûté l'équivalent de trois mois de salaire du prêtre.

Il a bousculé ma vie par sa beauté, son élégance, sa profondeur, sa noblesse majestueuse, la chaleur de ses vibrations. Dès qu'il m'a été confié, j'ai su que plus rien ne serait jamais comme avant. J'ai pressenti dès l'instant où je l'ai frôlé les sublimités insoupçonnées de LA musique, la vraie, celle qui ravit le cœur, transporte d'allégresse, enflamme de volupté ou déchire d'émotion. Celle qui berce les peines, soulage la douleur et réconforte l'âme, qui vous brûle de passion et vous comble d'ivresse.

Il serait désormais mon ami, mon frère, mon amant, mon sauveur.

Sa place est entre mes cuisses, je l'attire tout contre moi et l'entoure de mes bras. Dès que je le touche de l'archet, il frémit, dévoile son chant grave et fait vibrer mon cœur. Ce sortilège qui m'emporte loin de la réalité me fait goûter à de divines voluptés.

Ah ! Que j'avais jalousé les musiciennes et comme j'avais désiré être des leurs !

Toute une vie pour la musique ! Elle, et rien d'autre qui puisse avoir de l'importance. Je voulais n'être plus jamais seule en me donnant à elle qui ne trahit jamais, ne déçoit jamais.

Don Antonio Vivaldi me révéla que j'avais du talent et qu'il composerait pour moi concerti et sonates. La tête me tourne comme lorsque j'exécute avec ivresse cette partita, *série de variations sur un thème religieux composée de doubles croches en cascade. Je veux lui prouver qu'il ne s'est pas trompé en plaçant sa confiance en moi. Je veux être digne de ce maître virtuose que je vénère.*

Sa popularité est immense. C'est un génie, qui se targue de composer un concerto plus vite qu'un copiste ne peut le recopier. Il se dit à Venise qu'il est un compositeur si célèbre qu'il en devient une attraction pour les voyageurs. Des inconnus l'abordent et lui demandent de leur écrire une pièce en souvenir de leur passage dans la Sérénissime. Il a construit avec brio la renommée musicale de la Pietà dans toute l'Europe. Les visiteurs se pressent aux concerts en s'étonnant d'entendre des jeunes filles jouer d'instruments aussi inaccoutumés et excentriques que le basson et le hautbois, ou chanter avec des voix d'anges. Bien sûr, il est inconvenant pour des femmes de se produire en public, alors elles jouent depuis la galerie, derrière un treillis métallique qui les protège des regards indiscrets. Cette dérisoire ouverture sur le monde extérieur et ses frivolités sert d'écrin aux musiciennes accompagnant les choristes. Irréelles et angéliques, les voix charment les oreilles des auditeurs et les transportent dans un monde féerique aussi platonique que voluptueux.

J'ai quitté les putte mezzane *pour rejoindre la catégorie des musiciennes, les* figlie di coro. *Nous sommes une soixantaine de filles dans le chœur qui constitue l'élite de la Pietà et, à ce titre, nous avons droit à une chambre individuelle. Bien que j'aie passé de douces heures de bavardages au dortoir avec mes camarades, et de longs moments de confidences tendres et amicales avec Angelica, je me suis installée avec délectation dans mon nouvel espace. J'y ai découvert une intimité jamais connue, délicieuse, précieuse, seule avec mon violoncelle. C'est alors que j'ai ressenti le besoin d'écrire dans ce cahier les sensations qui m'imprégnaient. L'éloignement des babillages permanents de mes compagnes me laissait enfin le loisir de réfléchir. Je prends goût à rédiger ces épisodes dans le silence. Plus que de tenir un journal, il s'agit de coucher sur le papier mon envie de comprendre le monde extérieur que je ne connais qu'à travers le filtre du règlement, étant presque toujours enfermée. Pourtant, le clapotis de l'eau sous nos fenêtres, son odeur spécifique, sa présence obsédante mais invisible résonnent comme un appel à la vie et à la liberté.*

Devenues femmes, il n'y a guère que trois options qui s'offrent à nous. La première est de devenir nonne, mais peu entrent au couvent. La deuxième est le mariage mais, là encore, rares sont celles qui quittent la Pietà. Nous avons une dette envers les dirigeants charitables qui nous ont recueillies et prodigué une instruction musicale de tout premier ordre. Nous avons donc l'obligation de rester jusqu'à l'âge de quarante ans pour assurer les concerts et rembourser notre charge. Qui voudrait encore de nous à quarante ans ? De plus, beaucoup sont vilaines, défigurées par la petite vérole et les tares liées à leur naissance de bâtardes. La plupart restent donc en ces lieux jusqu'à leur mort. On s'occupe bien d'elles, elles sont nourries et logées, mais doivent travailler en retour.

Mon amie Angelica pourra peut-être prétendre à un beau mariage car elle est la fille illégitime du noble Francesco de Comastri. Elle sera dotée et possède déjà un statut particulier par rapport à nous. Il n'y a qu'à voir la façon dont elle est vêtue de dentelles, ou encore sa médaille en or, entière, ronde et brillante comme une pleine lune, représentant l'Agnus Dei, l'Agneau de Dieu, qu'elle porte autour du cou avec un ruban de satin blanc. Malgré sa condition plus enviable, elle n'est pas fière et a le cœur sur la main. Très souvent, dans nos jeux d'enfants, elle partageait avec moi sa merveilleuse poupée de chiffon. Elle l'avait reçue de son père pour son dixième anniversaire et je rêvais d'en posséder une semblable jusqu'à en être malade de convoitise. Jamais je n'avais vu chose plus ravissante ! Elle avait été fabriquée par des artisans à Paris, en fine étoffe bourrée. Les traits étaient minutieusement sculptés à l'aiguille et les yeux étaient en émail. Chaque année, de petites figurines habillées à la dernière mode de la capitale française sont envoyées aux coquettes des grandes villes d'Europe et concourent à accroître le prestige du goût français. Celle d'Angelica avait une toilette façonnée par les soyeux de

Lyon, rehaussée de dentelles de Chantilly, ornée de broderies d'Alençon. Tous les corps de métiers avaient apporté leur savoir-faire à l'élaboration de cette « robe à la française ». Au revers de l'ourlet était épinglée une note de papier sur laquelle on pouvait lire : « Je suis née le 7 avril 1715. » Lorsque mon amie voyait mes yeux s'emplir de larmes et ma lèvre inférieure trembler de jalousie, en bonne fille compatissante, elle me mettait l'objet du désir dans les bras.

— Elle est à nous deux, disait-elle, nous partageons tout !

Alors, un sentiment de honte m'envahissait et je l'embrassais en lui disant qu'elle était ma sœur et que nous ne nous quitterions jamais. Pourtant, tôt ou tard, il faudra bien que cela arrive. La poupée a pâli et ses dentelles sont à présent défraîchies. La musique a remplacé nos jeux mais je préfère ne pas penser à ce jour qui viendra nous séparer.

La Pietà est une véritable entreprise dirigée par la priora, *responsable de tout dans cet hospice qui fonctionne en autarcie. La nourriture et le vin proviennent de terres que l'institution possède à la campagne, au-delà de la lagune. Il y a également une boulangerie et une banque dans le bâtiment.*

La Pietà est gouvernée par une trentaine de nobles vénitiens qui veillent à son estimable réputation.

Dès que nous en avons l'âge, nous participons au bon fonctionnement et à la vie laborieuse de l'établissement. Si le règlement est austère et ne tolère aucun relâchement, les filles musiciennes jouissent pourtant de certains privilèges disciplinaires en comparaison de l'éducation beaucoup plus stricte des filles du commun. Nous recevons des repas améliorés en viande et fromage, des habits plus chauds pour protéger les cordes vocales des choristes et éviter angines et bronchites, des gants pour épargner les doigts des instrumentistes en hiver. On nous décharge des travaux journaliers pénibles réservés aux autres filles. Tandis que ne leur est concédé qu'un seul jour de sortie par an, nous bénéficions d'un régime plus favorable. Parfois, nous sommes même invitées à nous produire dans les nobles salons de musique. Mais ce que nous préférons, c'est embarquer pour la journée sur le Burcchiello[1] *de Venise à Padoue. Sur la rive, les chevaux tirent le bateau qui glisse lentement le long du canal du Brenta bordé de saules pleureurs et de prairies. On y voit les belles résidences estivales des nobles vénitiens qui passent là leur période de villégiature en terre ferme. Nous émiettons du pain sec aux canards et aux cygnes qui suivent le sillon d'écume et nous rions de leur gourmandise bruyante. Hélas, cette aubaine ne nous a été accordée que très rarement. Le plus clair du temps, nous sommes confinées dans les murs de la Pietà.*

L'instruction des figlie in educazione *est l'une des sources de revenus les plus lucratives de l'institution. Les riches demoiselles des familles aristocratiques de Venise, et même de toute l'Italie, où le prestige de la Pietà a rayonné, sont envoyées ici pour y recevoir la meilleure des éducations en vue*

1. Bateau typique utilisé par les Vénitiens les plus aisés pour se déplacer de Venise à leurs villas de campagne.

de faire un beau mariage. Celles qui sont chargées d'éduquer ces jeunes filles portent le titre de figlie privilegiate *et c'est pour elles un grand honneur.*

Dans la hiérarchie, les postes suivants par ordre d'importance sont les deux maestre di coro *et ensuite les deux copistes chargées d'inscrire les bébés qui arrivent ici. Elles supervisent les nourrices à Venise et à la campagne, les rémunèrent et règlent les litiges éventuels avec les parents car la mère ou la famille peut exiger à chaque instant qu'on lui rende l'enfant.*

Longtemps j'ai attendu, espéré, imploré Dieu pour que tu reviennes un jour, ma mère, frapper au portail de l'hospice, que tu m'apportes l'autre moitié de la médaille et m'emmènes loin d'ici, dans l'enveloppement de ton amour qui m'a tant manqué. Des jours et des nuits passés à sentir les brandons de la folle espérance s'alanguir... tant et tant de temps... qu'à présent, je ne sais même plus si j'en ai encore envie...

Cette aspiration qui m'étouffait de douleur la nuit quand je l'invoquais à voix basse, et me laissait sans force l'aube venue, s'est diluée dans l'air confiné des couloirs étroits. Les jours succédant aux jours ont peu à peu endormi l'amertume. J'ai alors vécu dans la quiétude du temps passant à pas lents, un ennui familier qui m'a bercée au fil des années égrenées. Aujourd'hui, mon nouveau statut de figlia di coro *me comble d'une douce ivresse.*

Qu'aurait été mon existence auprès de toi, ma mère ? Quel dénuement de pauvreté aurais-je enduré à tes côtés ? De quels vices ma vie aurait-elle été entachée et de quelles débauches aurais-je dû boire le calice jusqu'à l'écœurement ?

Peut-être m'as-tu haïe d'être cet insupportable fardeau dans ton ventre… Peut-être es-tu morte de faim ou de maladie honteuse… Maman…

IV

Vautrée sur son lit, Lionella s'appliquait à déchiffrer le cahier d'Ada. Elle parlait couramment l'italien, mais sa lecture fut d'abord un peu heurtée car la langue dans laquelle écrivait la jeune Vénitienne datait du XVIIIe siècle. Elle butait sur des mots bizarres, sans doute du dialecte vénitien. Agacée, elle fut tentée d'abandonner mais la curiosité l'emportait, alors elle décida de glisser sur le vocabulaire qu'elle ne comprenait pas pour deviner le sens global des phrases et, surprise... ça fonctionnait ! Elle s'y habitua, apprivoisant cette phraséologie. Cela lui devint plus aisé.

Au début du récit, elle avait ressenti un malaise coupable, une sensation de voyeurisme face aux écrits touchants de cette fille de son âge. D'un autre âge.

Bientôt cette gêne ne tarda pas à se mélanger à de l'effroi, de la pitié, de la compassion, et très vite elle fut happée par son histoire, incapable de refermer le recueil de souvenirs dont elle tournait les pages avec l'impression de partager le même envoûtement pour la musique et le violoncelle. Fascinée, elle était entrée de plain-pied dans sa vie, dans un autre siècle, un autre lieu. Elles étaient unies par une passion commune.

Au fur et à mesure qu'elle progressait dans la narration, elle éprouvait cet extraordinaire fantasme de pénétrer dans l'intimité du génial compositeur, « le prêtre roux », comme on le surnommait, dont elle avait joué tant et tant de fois les partitions. Et voici qu'il était là, rendu vivant par le journal de cette infortunée jeune fille.

Depuis ses débuts à l'académie, elle savait le talent sensationnel de violoniste de Vivaldi et combien il captivait son auditoire en son temps. Ses enseignants successifs n'avaient jamais manqué de lui transmettre toute l'admiration qu'ils entretenaient pour le maître de Venise. Tous, sauf Mlle Mouchon, bien sûr. Mais Mlle Mouchon... c'était une autre histoire ! Cette vieille fille acariâtre, professeur de sa prime enfance, ne ratait pas une occasion de dénigrer le prodigieux musicien !

— Que rêver de mieux, lorsqu'on est un tel prodige, que d'être seul sur la scène pour dialoguer avec l'orchestre ? lui disait M. Sohet, son maître de violoncelle.

Vivaldi n'était pas seulement l'un des violonistes virtuoses les plus admirés de son temps, il était également reconnu comme l'initiateur principal du concerto de soliste, dans la forme définitive que l'on connaît et que l'on pratique encore aujourd'hui :

trois mouvements contrastés, vif – lent – vif. Une révolution !

Lionella s'était évadée du décryptage difficile du cahier, et ses pensées vagabondaient.

M. Sohet, qui adorait la musique baroque en général et Vivaldi en particulier, ne manquait jamais une opportunité de rallier son élève à sa cause en lui exposant ses arguments avec fougue. Elle était tout ouïe, avide d'en savoir plus sur cet étrange personnage.

— Imagine, Lionella : le *maestro* a disposé un soliste en avant de l'orchestre, prêt à étourdir le public de mille pirouettes virtuoses, de mille voltiges brillantes... Cet instrumentiste soliste, un jour, ce sera peut-être toi... ajoutait-il d'un air finaud, pour mieux la convaincre.

Il marquait alors une pause, guettant une réaction qu'elle ne daignait pas lui donner. S'il croyait qu'elle allait se laisser amadouer comme ça !

Comme elle ne cillait pas, il poursuivait :

— Bach lui-même, maître incontesté, père de la musique moderne, ne s'y était pas trompé ; n'a-t-il pas transcrit une dizaine de concertos de Vivaldi pour d'autres instruments ?

— Oh, fanfaronnait-elle alors, Bach ! Ce gars, considéré comme l'un des plus grands génies de la musique, qui est mort en pensant qu'il était un loser sans talent...

Outré, M. Sohet se contenait toutefois, et faisait mine de ne pas entendre ses paroles sacrilèges.

— Il a prouvé, dans ses concerti, qu'il avait une parfaite conscience et un usage accompli des œuvres du génie vénitien. Et d'ailleurs, les compositeurs européens, du plus petit au plus grand, ont tous assimilé cette nouvelle forme, concluait-il d'un ton péremptoire.

C'est qu'il la connaissait, son élève ! Sauvageonne, toujours prompte à provoquer l'autorité, à en prendre le contre-pied, elle était néanmoins attachante et capable d'émotions à fleur de peau, mais surtout si douée que cela en devenait insolent.

Quand son professeur s'enthousiasmait en parlant du génial musicien, Lionella ne pouvait s'empêcher de le comparer avec Mlle Mouchon, cette grenouille de bénitier qui préférait de loin l'austérité et la rigueur luthériennes de Bach à la fantaisie rutilante de Vivaldi.

— Mlle Mouchon estimait qu'il avait écrit cinq cents fois le même concerto. Elle le jugeait médiocre compositeur et ne voyait dans son œuvre que routine et ficelles artificielles, répliquait-elle, défiante.

— C'est qu'une image trop brillante a toujours sa contrepartie ! Ceux qui estiment, comme ta Mme Mouchon, qu'il aurait composé cinq cents fois le même concerto sont non seulement de mauvaise foi, mais manquent cruellement d'originalité. Ils ne font que rapporter les paroles acerbes de Stravinski. Il y a aussi ceux qui jugent médiocres les effets trop emphatiques de son violon… Les avis négatifs ne se comptent plus. Tu veux que je te dise ? Ce sont des jaloux !

Elle se demandait pourquoi elle tourmentait ce pauvre homme, si bon et patient envers ses sautes d'humeur, d'autant plus qu'elle était, en son for intérieur, tout à fait d'accord avec lui. Fillette, elle était déjà capable de faire la part des choses et soupçonnait que les aigreurs de la vieille demoiselle étaient influencées par la réputation scabreuse de Vivaldi. En effet, il s'était consacré durant toute sa carrière à des activités profanes, bien loin des préoccupations habituelles d'un prêtre. Beaucoup de bruits couraient sur lui. Le fait d'être très souvent en compagnie féminine ne pouvait qu'alimenter la rumeur, et Mlle Mouchon la perpétuait à son tour, en vierge effarouchée !

En butte à la réprobation de cette bigote, Lionella, qui ne pouvait plus supporter ses récriminations, avait changé de professeur. Surtout, elle avait gardé l'admiration pour son compositeur préféré qui avait connu rois et princes, et avait joué devant le pape à deux reprises. La Sérénissime qui l'avait tant applaudi et louangé s'était pourtant détournée de lui alors qu'il atteignait ses soixante ans. Ses sonates ne plaisaient plus, la mode se tournait désormais vers Naples où il était de bon ton de se montrer à l'opéra. Considéré comme démodé, il fut injustement délaissé.

Lionella s'était radoucie envers M. Sohet, regrettant sa méchanceté gratuite.

— Après sa mort, sa musique fut oubliée durant deux cents ans et ne fut redécouverte qu'au milieu du XXe siècle. Justice est rendue, conclut-elle, magnanime, en déposant les armes.

Elle s'estimait très chanceuse de l'avoir comme professeur ! C'était l'un des meilleurs du pays et il croyait en elle, l'encourageait de son mieux et subissait ses lubies sans se fâcher. Que demander de plus ?

Ses yeux revinrent vers le carnet qui gisait sur le lit.

Elle adhérait de tout son cœur aux descriptions ardentes qu'Ada avait données de son instrument. Ces mots d'amour, elle les éprouvait dans sa chair, elle aurait pu les prononcer si elle n'avait craint les moqueries de ses copains.

Qui donc aujourd'hui pourrait concevoir qu'elle se pâme devant un morceau de bois au timbre envoûtant ?

Et pourtant ! Il y a bien une âme dans un violoncelle.

L'âme, cette pièce d'épicéa placée à l'intérieur de la caisse de résonance.

L'âme qui transmet les vibrations des cordes au fond de l'instrument.

C'est du violoncelle qu'émane la sonorité la plus proche de la voix humaine, et le sien lui murmurait des mots secrets et doux, implorait les caresses de l'archet par des plaintes et des soupirs, avec des nuances de voix graves et rondes.

Ada seule pouvait le comprendre.

Ada savait.

V

Pendant les vacances scolaires, Kevin traînassait en pyjama et s'ennuyait comme un rat mort dans sa chambre ; non pas qu'il aimât tant l'école mais surtout parce qu'il restait seul des heures et des jours à fainéanter. Il était bien loin déjà le temps où il entraînait Lionella à l'aventure dans tous ces lieux étranges comme les usines abandonnées des hommes et reconquises par la nature. Il y pensait avec nostalgie comme s'il s'agissait d'un paradis perdu. La complicité avec son amie semblait s'estomper aussi… Il la perdait chaque jour un peu plus, largué au seuil d'une barrière infranchissable ; la grande musique semblait dresser un mur entre eux. Il avait l'impression que toutes ces personnes qui se donnaient de l'importance le faisaient exprès, pour rendre le registre classique inabordable aux non-initiés. Une façon de se la péter. Il était ravi pourtant quand Lionella acceptait, de temps à autre, de jouer pour lui. S'il avait avoué à son frère et à sa mère qu'il était en extase en l'écoutant, ils l'auraient considéré comme un gars bizarre, parce qu'ils n'imaginaient pas apprécier la musique classique en dehors des bandes-son des films – comme celles de *Kill Bill* ou du *Cinquième Élément* – et des pubs d'assurances.

Encore couché à dix heures, il fixait l'image épinglée sur le mur en face de son lit. Une photo incongrue au milieu des joueurs de foot et des groupes de hard-rock qui tapissaient la paroi.

La veille au soir, il avait découvert par hasard cette peinture sur Internet et il en avait été si ébahi qu'il l'avait imprimée et mise en évidence sur la cheminée de la chambre qu'il partageait avec son grand frère, Jason.

Vierge à l'Enfant de Filippo Lippi.

Le portrait craché de Lionella ! Après tout, elle était italienne, elle aussi…

Le front bombé, le visage lisse, doux et sérieux entouré de mèches blondes, elle avait les yeux baissés. On retrouvait là toute la pureté d'une vierge florentine… entourée des gueules viriles de footballeurs, des faces hirsutes et grimaçantes des musicos de Metallica, Sepultura et autres Red Hot Chili Peppers que son frangin affectionnait.

Quand on parle du loup… Justement, son frère, qui avait encore découché, rentrait de sa virée nocturne en cognant les meubles, ce qui ne laissait rien présager de bon.

Kevin se leva comme un diable à ressorts et sauta sur ses vêtements qui jonchaient le sol au pied du lit. Il finissait de s'habiller à la hâte quand la porte s'ouvrit avec fracas.

— Quoi ? Encore ici, morveux ?

— Je m'en allais...

— File ! J' veux pioncer en paix !

Kevin franchissait la porte quand il entendit un rugissement.

— C'est quoi, cette bondieuserie ?! hurla Jason face à la cheminée.

— Ben... c'est Lucrezia Buti...

— Hein ?

— Lucrezia Buti... La fiancée de Filippo Lippi, le peintre...

Kevin avait cherché sur le Net les informations relatives à ce tableau de la Renaissance et avait découvert une histoire romanesque à souhait ! De quoi enflammer son imagination d'adolescent taciturne. Il connaissait tout de la biographie de Lippi, un chapelain du couvent de Sainte-Marguerite, à Prato. À plus de cinquante ans, il avait séduit une jeune nonne de dix-sept ans qui lui servait de modèle.

— T'es ouf ?

— Attends, c'est une super-histoire ! Presque comme les séries télévisées que tu regardes à longueur de journée... Imagine, pour échapper à la justice florentine qui veut le condamner pour avoir séduit une nonne, il l'enlève après avoir découvert qu'elle est enceinte de lui. Heureusement, son principal mécène et ami, Cosimo de' Medici, ne veut pas perdre son peintre préféré alors il fait annuler par le pape les vœux du moine et de la nonne pour qu'ils puissent se marier. Et puis ils ont eu un fils : le petit Filippino... qui, plus tard, est devenu peintre comme son père !

Jason, abasourdi, regardait successivement le mur et son frère. Il n'y croyait pas ! Ce ringard avait osé placarder cette bigoterie tout juste bonne pour les fiottes au milieu de ses idoles ! Rouge de rage et d'alcool mal cuvé, il se rua sur la photo et, après l'avoir arrachée, la déchira en mille morceaux qu'il jeta en direction de Kevin.

Alertée par les cris, Nathalie, leur mère, passa la tête par l'embrasure de la porte.

— Qu'est-ce qui se passe encore ? Vous ne pouvez pas me foutre la paix ? Toujours à vous engueuler !

— C'est ton bâtard mongol qui a plaqué sa merde sur mon mur !

— Cette chambre est à vous deux, risqua Nathalie, il a bien le droit d'avoir ses images aussi...

— Il fera ce qu'il voudra quand je me serai tiré de cette piaule ! Et le plus vite sera le mieux ! Je n'en peux plus de cette famille à la con !

La porte claqua en faisant trembler la cloison.

— Et toi, Kevin, dit sa mère, tu ne peux pas t'empêcher de le mettre en rogne ?

Il prit son blouson sans un mot.

— Où vas-tu encore ?

— Chez Lionella.

— C'est ça, va chez ta pimbêche, chochotte du violon !

— Violoncelle, rectifia le garçon en refermant la porte d'entrée.

Il se retrouva dans la rue ensoleillée et traversa en courant le Molinay.

Si la rue Cockerill était en pleine mutation, premier pas vers une révolution architecturale et technologique, son quartier du Molinay semblait toujours oublié des édiles locaux. On avait vaguement entendu parler de rénovation mais rien de concret ne voyait le jour. Le conseil municipal concentrait ses efforts sur la nouvelle percée et, ne pouvant s'occuper de tout à la fois, rejetait à plus tard la réhabilitation de cette zone misérable. Pourtant, jadis, cette rue en pente était un centre de petits commerces florissants. On y trouvait même le Grand Bazar, succursale de celui de Liège, dont l'aménagement était conçu de manière quasi théâtrale, avec sa verrière imposante, à l'instar des grands magasins parisiens issus d'une époque révolue. Kevin n'avait pas connu ça. Depuis les Trente Glorieuses, les points de vente spécialisés, concurrencés par la grande distribution, avaient été contraints de fermer. Souvent, les vieux de Seraing parlaient encore du Grand Bazar avec nostalgie. Toutes les petites boutiques avoisinantes avaient été entraînées dans la débâcle. Ne restaient aujourd'hui que quelques cafés malfamés, de petits restaurants grecs, turcs ou italiens et des boutiques de seconde main où Kevin dénichait parfois des trésors qui rejoignaient le capharnaüm de sa chambre. La moitié des maisons étaient abandonnées ou squattées par des SDF. Des prostituées venues d'Afrique ou des pays de l'Est s'étaient installées derrière les vitrines sales et frappaient au carreau pour appeler les passants. Il y avait ici un défilé permanent d'hommes qui détaillaient la marchandise. Les voitures créaient des embouteillages le samedi soir. Kevin, en déambulant, regardait ces filles du coin de l'œil. Il s'étonnait de les voir aussi belles, sous leurs néons fluorescents bleus et rouges, dans cet environnement sordide. Il ne pouvait pas croire que ces créatures si peu vêtues travaillent dans ces taudis de leur plein gré et une pitié compatissante lui emplissait le cœur.

Arrivé au pied de la côte, il s'engagea dans le tunnel, creusé sous l'ancien passage à niveau de l'usine fermée, trait d'union entre le Molinay et l'esplanade de l'Avenir, là même où se tenaient le marché du vendredi et, chaque premier samedi du mois, la brocante.

Les femmes évitaient de traverser ce coupe-gorge et, comme il fallait faire un énorme détour pour le contourner, elles ne sortaient pratiquement plus de leur ghetto. Le souterrain ne faisait pas peur à Kevin, au contraire, c'était souvent avec entrain qu'il l'empruntait car c'était également ce passage, jonché de détritus, qui reliait son quartier à celui de sa chère amie.

Désormais, il la nommait en secret Lucrezia.

VI

En ce moment, l'effervescence est à son comble à la Pietà ! Les répétitions avec l'abbé Vivaldi s'intensifient en vue du concert des vêpres dimanche prochain, et il ne reste que trois journées afin que tout soit parfait jusque dans les moindres détails.

Chaque matin, après la messe, les quarante filles qu'il a sélectionnées se rendent à leur poste de travail. La salle de musique est une grande pièce, avec des poutres au plafond. Les murs sont nus pour éviter toute distraction parasite et, tout au bout, treize marches de bois conduisent à un étage où nous chantons et jouons, dissimulées derrière une grille de fer. Nous faisons de même à l'église, où nous donnons des concerts pour les nobles visiteurs et les membres des familles royales d'Italie et du reste de l'Europe. De là, nous avons une vue sur la loge réservée, au même étage, aux privilégiés qui peuvent ainsi nous apercevoir d'un peu plus près.

L'abbé Antonio Vivaldi est si tendre, si doux dans sa façon d'enseigner que c'en est un régal ; nous avons tant manqué d'amour dans notre enfance…

Il doit y trouver son compte, lui aussi. Sa vie a également changé… grâce à nous, figlie di coro.

Il fut ordonné prêtre en mars de l'année 1703. On lui avait confié une mansionaria, *c'est-à-dire qu'il devait célébrer un certain nombre de messes à l'église de la Pietà pour le repos de l'âme d'une noble et riche dame, Lucrezia Molin Memo, qui, dans son testament, avait légué deux mille cinq cents ducats à cet effet. Aussi, tous les quelques mois, il recevait vingt ducats. Mais, bientôt, à son grand soulagement, il fut dispensé de cette tâche après quelques ennuis avec l'Inquisition. La rumeur dit qu'il quittait l'office pour aller noter des idées musicales. Lui prétendait souffrir de crises d'asthme. Il put, dès lors, se consacrer entièrement à son art… et à nous !*

C'est pendant cette période qu'il composa de la musique sacrée pour notre église.

En 1715, il reçut cinquante ducats supplémentaires pour écrire et faire jouer une messe, des vêpres, plus de trente motets, un oratorio sacré et d'autres compositions.

L'année suivante, il obtint le titre unique de maestro dei concerti, *spécialement créé pour lui. L'ospedale della Pietà ne pouvait espérer meilleur collaborateur malgré ses absences fort dérangeantes. Il disparaissait des mois entiers, son art le réclamant ailleurs. Ne sachant plus que faire pour s'assurer de son assiduité, l'institut l'a obligé à signer un contrat lui imposant de composer et faire jouer deux concertos par mois. Ces dernières années, c'est lui qui a réussi à transformer cette maison de bienfaisance en un espace d'excellence dont la perfection instrumentale et la richesse acoustique équivalent à celles de l'orchestre de Dresde, soit ce qui se fait de mieux en Europe. C'est encore lui qui a convaincu la direction d'investir dans des instruments d'excellence plus nombreux et plus coûteux.*

Et c'est ainsi que j'ai reçu ce violoncelle du fameux luthier, Matteo Goffriller, qui m'a ouvert des portes insoupçonnées de félicité.

La sensualité de la musique m'habite comme une fièvre nouvelle. Vivre la musique empêche de mourir.

J'ai goûté cette évidence en cette année 1723. Quand j'ai glissé l'archet sur les cordes, une myriade de notes se sont mises à vibrer dans la salle d'étude. L'émotion était si forte que les yeux me piquaient, m'obligeant à fermer les paupières pour retenir mes larmes…

C'était comme si mon âme avait trouvé la clé qui ouvre sur l'enchantement.

Mon âme et l'âme du violoncelle réunies.

Dès que Vivaldi prit ses fonctions de maître de concerts, les fidèles vénitiens venus écouter les vêpres en restèrent bouche bée : les filles du chœur, réparties en quatre groupes aux quatre coins de l'église, jouèrent une sinfonia, *qui semblait « être davantage l'œuvre du ciel que celle des hommes », comme l'avait écrit le journal* Pallade veneta.

L'émulation ayant saisi les trois autres hospices de Venise et chacun tentant de rivaliser, une comptine s'est répandue de bouche en bouche dans la Sérénissime :

À la Pietà on prie Dieu avec le violon,
Aux Mendicanti avec la flûte,
À l'ospedaletto avec le basson
Et aux Incurabili avec le tambour.

C'est pourtant la Pietà qui, d'un point de vue instrumental, éclipse les autres. En plus de sa vocation d'orphelinat, elle prodigue les soins aux teigneux, l'aide aux mendiants et la vaccination contre la petite vérole. Parmi tant de calamités, on pourrait presque s'étonner qu'elle abrite également ce sanctuaire de perfection musicale.

Nous avons avec l'abbé Antonio Vivaldi une relation très spéciale. Nous vénérons en lui un musicien et un compositeur d'un talent exceptionnel et il décèle en nous des qualités semblables. De cette admiration réciproque naît une grande complicité qui, au fil du temps, nous unit toujours plus étroitement.

Le maestro est conscient que nous avons toutes eu les mêmes débuts miséreux : non désirées, abandonnées, nous sommes devenues vulnérables et émotives. Il nous comprend et harmonise ses partitions avec compassion. Sa sensibilité perce dans son écriture.

Nous répétons de longues heures pour le concert et ce n'est que bonheur, bien que fatigant pour les yeux et le dos. Les instruments qui s'accordent et se répondent consolent nos vies.

Je laisse venir à moi la musique intérieure. Je rêve d'accrocher la fluidité d'un triolet, le fragile présent des sauts de quartes virevoltant sur la ligne de basse continue.

Ma très chère amie, surnommée Angelica dal contralto, *est aussi de la partie. Il y a presque une semaine que nous allons chaque jour aux répétitions.*

Contralto *désigne la voix féminine la plus grave. Cette tessiture la conduit à utiliser son registre de poitrine sur près de la moitié de son étendue vocale. Cette voix est habituellement chantée par un castrat mais, ici, les filles assurent tout le registre, donnant aux concerts leur dimension si pure et singulière.*

L'une des sonates que nous jouerons au prochain concert est écrite pour hautbois, violon, violoncelle et orgue. L'abbé Vivaldi a noté sur le manuscrit les noms des filles pour lesquelles il a composé. C'est le règlement. Ainsi, il n'y a pas de dispute possible.

Pour la première fois, j'ai eu la bonne fortune de lire mon prénom sur la partition qu'il nous a remise : Ada dal violoncello. *C'est désormais mon nom !*

VII

Après maintes hésitations, Lionella venait d'annoncer à son professeur qu'elle avait enfin fait son choix pour le concours Arpèges.

Il leva les yeux au ciel et marmonna un « ce n'est pas trop tôt » entre ses dents que la jeune fille fit mine de ne pas entendre. M. Sohet, bien que bougon, avait un cœur d'or caché sous sa carapace. La tendresse particulière avec laquelle il couvait son élève si douée pour la musique mais si peu pour le bonheur avait du mal à se dissimuler derrière son ton bourru.

— Très bien, et on peut savoir ce que tu as choisi ?

Elle lui tendit les partitions qu'elle avait pris soin de recopier avec un logiciel spécialisé. Il lut « *Sonata per violoncello* » et parcourut les portées du regard.

— C'est de qui ? demanda-t-il. Il n'y a pas de nom de compositeur…

— Je ne sais pas… peut-être Vivaldi.

— Comment, tu ne sais pas ?

Lionella prit une grande inspiration pour se donner du courage. Elle avait beaucoup réfléchi. Que dire, ne pas dire… elle se doutait que la tâche ne serait pas simple et entreprit d'expliquer à son professeur la provenance de sa sélection, en se gardant toutefois de mentionner le cahier d'Ada.

— Ma fille, tu vas trop au cinéma !

Lionella prit la remarque comme un soufflet. Irritée, elle s'écria :

— Regardez la médaille que je porte !

— Oui… et alors ?

— C'est une médaille coupée !

Le professeur la toisa.

— Elle appartenait à une orpheline de l'ospedale della Pietà de Venise. Elle accompagnait la partition qui se trouvait dans une cassette de métal !

— Où est la partition originale ? demanda-t-il, sceptique.

— En lieu sûr…

— C'est de la folie ! s'écria M. Sohet. Je ne peux pas y croire !

Il arpentait la pièce, en proie à une agitation soudaine. Des pensées abracadabrantes se carambolaient dans sa tête.

Lionella savourait son petit effet.

— Comment peut-on savoir si c'est réellement de Vivaldi ? Et comment le faire accepter au jury du concours ? En admettant que tu dises vrai, il faudrait bien plus de temps, beaucoup de temps ! Tu sais qu'il est extrêmement difficile de faire authentifier un manuscrit perdu ! C'est le parcours du combattant, même pour un chercheur expert en Histoire, même pour un conservateur du département de musique de la Bibliothèque royale. Il faut décrocher une authentification au très officiel Institut Vivaldi de Venise, et son directeur ne plaisante pas avec des anonymes insignifiants tels que nous.

— Insignifiants, merci bien ! Anonymes… Eh bien, si je gagne, je ne serai plus anonyme !

M. Sohet avait soudain très chaud. Il épongea son front dégarni avec la manche en flanelle de son veston.

— Les *ospedali* vénitiens étaient de véritables écoles de musique de haut niveau… commenta-t-il. Bien sûr, Vivaldi fut l'un des professeurs les plus célèbres de ce genre d'instituts, mais que reste-t-il de leur littérature musicale ? Pas grand-chose concernant la musique sacrée, et pour une raison très simple !

— Laquelle ?

— Une œuvre pour chœur féminin était très peu exportable au XVIIIe siècle et, le plus souvent, la partition originale est perdue… C'est le cas pour la plupart des œuvres sacrées de Vivaldi, prévues et conçues pour l'ospedale della Pietà…

Elle avait réussi à le faire entrer malgré lui dans ses manigances loufoques.

— Je suppose que tu n'as pas la partition originale, reprit-il, mais simplement une copie... Cependant, même une copie, c'est très rare ! Il est compliqué de faire revivre cette musique vénitienne, oubliée depuis plus de deux siècles... Nous ne connaissons pas de manuscrit autographe, et certains musicologues discutent d'ailleurs de la paternité de ces sonates. Les trois dernières n'ont été retrouvées que récemment à Naples.

— Écoutez, dit Lionella sur un ton de défi, je me fiche de vos tergiversations ! Je voulais un morceau original, je l'ai trouvé ! J'ai commencé à le déchiffrer, à le travailler, à m'en imprégner. Il me plaît et je vais le jouer !

— Et comment l'introduiras-tu ? Que diras-tu ?

— Rien ! Je le présenterai comme une sonate de Vivaldi... et on verra bien après...

— Mais... ils ne la connaîtront pas ! Ils seront intrigués, ils voudront savoir d'où tu la sors.

— Eh bien, je lui donnerai un nom... par exemple... heu... *Sonate pour violoncelle et basse continue en mi mineur* !

— Tu es folle ! Tout le monde sait qu'il n'existe à ce jour que dix sonates pour violoncelle !

— Tant mieux ! Désormais elles seront onze !

— Tu divagues !

— Écoutez, professeur... vous m'avez toujours dit que moins de vingt pour cent des œuvres composées par Antonio Vivaldi ont été éditées et publiées de son vivant et sous son contrôle, non ?

— Oui, bien sûr, mais…

— Quoi de mieux pour présenter ma découverte qu'un prestigieux concours ?

— C'est de l'inconscience !

— Si vous ne voulez pas jouer le jeu, tant pis pour vous !

Déconcerté, M. Sohet arpentait la pièce en examinant la situation : c'est qu'elle serait capable de le larguer, cette sacrée gamine ! Quel caractère ! Il essayait de réfléchir aux conséquences. Dans ses pensées, des images contradictoires se bousculaient. Comme dans un film muet qui défile trop vite, il se voyait tantôt la risée des journaux, des critiques et des musicologues, tantôt encensé pour son flair et sa découverte. Il y allait de sa réputation mais aussi de l'avenir de son élève. Avait-il le droit de se montrer peureux et de lui refuser une chance ? L'égoïsme ne faisait pas partie de ses défauts. Il était certes un peu timoré, mais avait le cœur sur la main. Il toussota pour se donner une contenance et déclara d'une voix hésitante :

— D'accord. Bien sûr, je te soutiendrai et je vais t'aider…

— Je m'en doutais… se moqua-t-elle, triomphante.

— Mais après tout, ce n'est peut-être pas du Vivaldi. Il est envisageable que cela vienne d'un obscur compositeur…

— Impossible ! J'ai commencé à travailler le premier mouvement, le *largo*, et je peux vous dire que c'est de la véritable « architecture vivaldienne » ! C'est lumineux, éblouissant, étincelant, radieux, rutilant, incandesc…

— C'est bon ! C'est bon ! Je veux bien te croire ! Joue-moi donc ce premier mouvement !

Sans se faire prier, Lionella installa l'instrument contre elle en une parfaite symbiose et attaqua le *largo*, tout en nuances tendres. De l'archet en équerre sur les cordes, elle tirait les soupirs et les sonorités d'un chant quasi humain qui planait dans l'atmosphère, puis devenait aigu avant de plonger dans les basses… Elle sollicitait toutes les possibilités du son voluptueux. Le plaisir de communiquer un souffle de vie à la partition oubliée semblait la galvaniser. M. Sohet percevait une affinité presque surnaturelle entre son élève et le violoncelle. Elle détaillait les notes de la main gauche, avec vibrato, déjouant tous les pièges audacieux de ce joyau de la musique baroque. Elle était attentive à rester légère sur l'archet afin de rendre plus aériennes les euphonies qui palpitaient dans l'espace. Avec cette mélodie ample, séraphique, elle faisait chavirer le cœur de son professeur et triomphait avec une aisance déroutante.

Après le coup d'archet final, une fois que la musique se fut tue, un étrange silence flotta dans l'air pendant plusieurs secondes.

M. Sohet, ému, hésitait à rompre le charme.

— C'est magnifique ! Tu as vraiment bien travaillé…

Ses appréhensions, pas complètement dissipées, cédaient du terrain devant la beauté de la prestation. Il était conquis par l'acharnement de la jeune fille. Fallait-il qu'elle ait le feu sacré pour se donner autant de mal ! Il serait vraiment impitoyable s'il décevait ses espoirs. Il risquerait même de détruire ce talent qui bouillonnait en elle et ce n'était pas là le rôle d'un professeur. Son devoir était de saisir cette chance pour lui donner le coup de pouce sur la voie de la réussite. Outre son rôle pédagogique, il percevait le vrai potentiel de ce morceau.

Il se sentait soudain investi d'une mission. Cette sonate méritait d'être connue.

Il chassa ses dernières inquiétudes.

— Bien sûr, je vais t'aider pour la suite, nous allons ciseler ce petit bijou, et attaquer ensemble le deuxième mouvement, l'*allegro*. Je suis probablement fou, mais au diable la sagesse, je te soutiendrai autant que possible. Tant pis si j'y perds ma réputation…

À présent que les dés étaient jetés, il se sentait transporté, comme ivre d'une jeunesse retrouvée, et faisait déjà mille projets.

— Il nous faudra réfléchir à une stratégie… Les musicologues sont si pointilleux, le jury va ergoter… Tu devras dans un premier temps passer une série de qualifications avant de prétendre au concours… Cela ne devrait guère poser de problème au début, mais les choses deviendront de plus en plus difficiles au fur et à mesure que des candidats seront éliminés…

Mais Lionella n'écoutait plus que d'une oreille, savourant sa première victoire remportée.

VIII

Je me souviens avec précision du mercredi où je suis sortie seule pour la première fois.

Après le déjeuner, la priora *m'a conviée très officiellement au parloir pour me confier une nouvelle mission. Je venais d'avoir vingt ans et j'avais fait mes preuves comme musicienne. Je jouais régulièrement dans les concerts depuis deux ans.* L'ospedale *avait besoin d'une personne compétente pour s'occuper des petites commandes de routine à l'atelier de Matteo Goffriller : cordes, colophane, mentonnières, anches, plectres, etc. J'avais été choisie sur les recommandations de l'abbé Vivaldi. Une fois par semaine, je devais établir la liste des accessoires manquants auprès des musiciennes et me rendre chez le luthier du maestro dans le* sestiere *San Polo, un quartier à deux pas du pont du Rialto.*

Sortir seule était un privilège inouï. Presque aucune de mes compagnes ne quittait l'enceinte de la Pietà. Une fois par mois, on nous promenait en barque dans la lagune pour nous faire prendre l'air, mais nous ne mettions jamais pied à terre. Parfois, l'une d'entre nous se rendait avec l'abbé à un concert exceptionnel, mais toujours sous sa stricte surveillance.

— Profites-en, me glissa à l'oreille Angelica, un peu envieuse. Tu vas pouvoir admirer les splendides palais, les églises, et humer l'air ensorcelant de la mascarade ! Tu me raconteras tout, dans les moindres détails ! Promets-le-moi, me dit-elle, le regard altéré de désirs inconnus.

On était en janvier 1725 et le carnaval était omniprésent.

Pour l'étranger qui ne connaît pas Venise, il est surprenant de découvrir que le carnaval commence dès le premier dimanche d'octobre et dure jusqu'à Noël. Il reprend ensuite à l'Épiphanie et se poursuit jusqu'au Mardi gras, à minuit, quand la cloche du campanile sonne la fin des festivités. Il recommence plus tard à l'Ascension, durant deux semaines, et renaît à chaque élection d'un nouveau doge[1]*, à la Saint-Marc ou à l'occasion de n'importe quel événement propice !*

Bien que cloîtrées, nous entendions les rumeurs trépidantes de l'extérieur qui arrivaient jusqu'à nous et ressentions les excitations de la fête.

L'époque du carnaval ouvrait la saison des opéras et des comédies, et tout Venise attendait les nouveautés avec impatience.

---

1. Le doge (duc) symbolisait le pouvoir de l'État et représentait la Sérénissime République. Chef de l'exécutif, il était élu à vie.

L'abbé Antonio Vivaldi était moins disponible pour nous durant ces périodes car il était chargé des opéras. Occupé à diriger les meilleurs interprètes qui se produisaient devant un public exigeant, il courait sans cesse du théâtre Sant'Angelo à la Pietà. Il nous parlait parfois du jeune Carlo Farinelli, réputé pour l'étendue prodigieuse de sa voix, allant du registre d'alto à celui de soprano, ainsi que pour sa technique virtuose, servie par un souffle exceptionnel. Il rivalisait déjà avec le grand castrat Antonio Bernacchi.

Le carnaval était devenu un style de vie et un état d'esprit. La République non seulement autorisait mais favorisait le port du masque. Tant que durait cette saison, tous le portaient : du doge en passant par le prêtre ou la servante. Ils allaient incognito à leurs affaires. C'est masqué qu'on faisait ses emplettes, qu'on se rendait visite ou qu'on administrait sa vie courante… Le masque libérait les gestes et la parole.

C'est donc parée d'un voile, d'un chapeau à larges bords et de la moretta, petit masque ovale de velours noir troué à l'emplacement des yeux, que je sortis ce mercredi de janvier. Un bouton situé à hauteur des lèvres servait à tenir le masque avec les dents, de telle sorte que la personne qui le portait était dans l'obligation de rester muette. En m'affublant de la sorte, la priora s'assurait que je ne parlerais à personne en chemin.

Je devais traverser tout le sestiere San Marco. En sortant du grand bâtiment rouge qu'est la Pietà, il faut tourner à gauche. Parmi une rangée de boutiques, on trouvait *une pharmacie, une chapellerie et une charcuterie. Je suivis scrupuleusement les plaques indicatrices, heureusement fort nombreuses, de peur de me perdre dans ce dédale. J'avançai lentement dans les* calli *; ces rues étaient parfois si étroites que je me demandais comment je ferais si j'y croisais une âme. Certaines faisaient à peine plus de cinquante centimètres de large…*

Je longeais les petits canaux d'eau turquoise immobile en humant le vent salé qui m'arrivait de la mer, au large de la lagune. Je me grisais d'un sentiment de liberté mêlé à une certaine angoisse d'être seule dans cet enchevêtrement de ruelles et de rii[1]*. Ce sentiment d'oppression m'abandonna soudain face à la lumière blanche de l'hiver qui inondait le* campo, *la place sur laquelle je débouchai. De belles dames resplendissaient sous les rayons obliques du pâle soleil qui faisait scintiller leurs bijoux. C'était aussi la fête de la mode et de l'élégance. La tête me tournait, j'étais étourdie par ces bruits, ces cris de joie et ces exclamations en tout genre qui semblaient régis par une seule règle : prendre du bon temps, rire, danser et s'amuser. Tout cela était si étrange pour moi qui n'avais connu que le chant des chœurs et les sons de la musique sacrée.*

Ainsi, une farandole de masques circulait à travers les calli *ou dansait sur les* campi, *entraînée par les flonflons débridés des orchestres de flûtes, violes, luths et violons dont le son, pourtant si familier à mes oreilles, résonnait ici d'une manière étrangère.*

---

1. Pluriel de *rio*, très petit canal.

Et tous allaient vers la place Saint-Marc et sa somptueuse basilique byzantine. Je n'avais jamais vu chose plus belle : une abondance de colonnes antiques de marbre, porphyre, jaspe, serpentine, albâtre, et d'innombrables sculptures. Je restai ébahie face aux mosaïques des portails dont l'or éclaboussait de richesse le vaste espace bordé d'arcades, qui formait un écrin où se pressait une foule costumée et bigarrée.

Cette débauche de couleurs se déversait sur la place hérissée de tréteaux sur lesquels s'étalaient des féeries enchanteresses, ces merveilles qui se vendent aux fêtes.

Il y avait tant de choses à regarder pour mes yeux étonnés que j'en avais presque oublié le motif de ma sortie, ma mission.

C'est alors que survint cet événement aussi inattendu que troublant.

Mon cœur bat la chamade en écrivant ces mots, et je souhaite consigner ici cette scène dans les moindres détails. Voici le récit d'une rencontre qui bouleversa ma vie.

J'étais absorbée dans la contemplation des ornements lorsqu'une voix chaude, à l'accent inconnu, s'adressa à moi.

— Vous êtes Ada dal violoncello…

Je sursautai, apeurée par la vision de la bauta[1] *qui se penchait vers moi. J'étais incapable de répondre, bâillonnée par mon masque mais surtout par l'effroi. La* bauta *comprit ma crainte en me voyant reculer de quelques pas.*

1. La *bauta* est un costume typiquement vénitien constitué de trois pièces : une cape noire (le *tabarro*), un tricorne noir et un masque blanc en carton bouilli (la *larva*).

— *Ne soyez pas inquiète, je suis un admirateur de vos talents. J'ai eu l'immense joie de vous écouter jouer dimanche au concert et je me dois de vous dire mon ravissement.*

La voix était ma foi jeune et fort aimable et je sentais ma défiance laisser place à de la curiosité. Comment peut-il savoir qui je suis ? me demandais-je. Mais, comme s'il avait lu dans mes pensées, il poursuivit à grand renfort de détails.

— *Bien que vous fussiez avec vos compagnes derrière la grille dorée, j'ai pu obtenir votre nom grâce à mon ami, l'abbé Simon de Harlez, qui est liégeois comme moi. Nous avons fait nos études ensemble, au collège des Jésuites. C'est lui qui m'a fait découvrir les concerts à la Pietà. Il est érudit, amoureux des arts et de la musique, et l'excellente réputation de vos représentations à l'*ospedale *est parvenue jusqu'à lui dans la principauté de Liège. L'abbé de Harlez est une connaissance de votre maestro, Antonio Vivaldi. Comme il louait votre façon divine de jouer, le prêtre roux lui a révélé votre nom et lui a confié dans la conversation, dont j'étais l'heureux témoin, que vous seriez désignée pour les commandes chez le luthier. J'ai tout fait pour vous rencontrer. J'ai espionné l'*ospedale, *après avoir, je vous l'avoue, soudoyé Matteo Goffriller pour qu'il me donne la date de votre venue. J'ai tout de suite reconnu votre grâce que j'avais déjà pu deviner depuis la tribune où je me trouvais, malgré les grilles, suffisamment ajourées. Je vous ai observée durant tout le concert. Le port altier de votre tête sur ce joli cou gracile, le bras qui maniait l'archet avec élégance… vous étiez divine.*

J'écoutais cette voix à l'accent étranger et j'étais troublée. Paralysée sur le carreau de la place Saint-Marc, je ne savais plus que faire. Partir en courant ?

Il s'inclina devant moi, me tendit un petit bouquet de pensées, premières fleurs de l'année, en m'affirmant qu'elles représentent le souvenir. Il m'expliqua que dans la mythologie, la nymphe Io fut aimée de Jupiter. Mais les amours de celui-ci furent contrariées par son épouse Junon, qui se vengea en changeant sa rivale en blanche génisse. Ainsi métamorphosée, Io errait avec tristesse lorsqu'elle vit sortir de terre de petites fleurs qui tournèrent leurs corolles vers elle. Elle reconnut en elles les pensées de ses amis venus la consoler.

Je trouvai cette histoire charmante et quand, malgré moi, je tendis la main vers le bouquet, j'effleurai fortuitement la sienne. Je frémis et reculai, paniquée. Premier cadeau, premières fleurs, premières douces paroles, premiers émois, premiers tourments… Un bouleversement.

— Son nom latin est viola, *la violette… Dans le langage des fleurs, la violette symbolise l'amour secret.*

Mais affolée, tout à coup, je tournai les talons sans avoir prononcé un mot. Je m'enfuis en direction de la boutique du luthier chez lequel j'arrivai bien essoufflée et rouge de confusion, heureusement camouflée derrière ma moretta. *J'avais caché le petit bouquet sous ma cape et j'en caressais les pétales pendant qu'un assistant de Matteo Goffriller préparait ma commande. Dans l'atelier, on coupait les bois, on taillait, on limait, on assemblait et collait…*

Le maître luthier surgit de l'ombre de son arrière-boutique et, s'adressant à moi, voulut savoir si j'étais Ada dal violoncello. J'acquiesçai de la tête. Sans vergogne, il plongea son regard dans le mien, essayant de percer mon masque et mes secrets.

— On m'a beaucoup parlé de vous, ces derniers temps. L'abbé Vivaldi ne tarit pas d'éloges sur sa jeune élève, mais ce n'est pas le seul, il y a aussi ce gentilhomme à l'accent étranger…

Je le sentais taraudé par la curiosité.

À soixante-six ans, c'était désormais un vieil homme, au sommet de sa gloire mais usé par le travail et par la vie. Il avait perdu son épouse, Maddalena Maria Kaiser, qui lui avait donné douze enfants, cinq garçons et sept filles, dont plusieurs étaient morts en bas âge. Son fils préféré, excellent luthier lui aussi, était parti s'établir à Udine et il se sentait désormais bien seul.

D'une voix mielleuse, il me pria de saluer l'abbé de sa part et me quitta pour retourner à ses occupations.

Quand je revins vers la Pietà, le fragile soleil d'hiver avait disparu et laissé place à un voile de brume qui enveloppait les palais du Grand Canal. Mon énigmatique inconnu, lui, s'était dilué dans la mélancolie vaporeuse qui montait de l'eau trouble.

★

Le dimanche suivant cette première sortie perturbante, qui ne cessait de hanter mes nuits, nous nous rendîmes à l'église, mes compagnes et moi, pour le concerto hebdomadaire.

Angelica, à qui j'avais tout raconté, et qui semblait presque aussi exaltée que moi, me glissa à l'oreille un « il est peut-être là » pas très rassurant.

La mise en scène de nos concerts était toujours très étudiée et théâtralisée.

Nous étions vêtues de robes blanches avec un joli décolleté et coiffées d'une fleur sur l'oreille. L'abbé Vivaldi nous fit entrer en silence dans la galerie, derrière la grille dorée infiniment suggestive où les auditeurs nous devinaient plus qu'ils ne nous voyaient. L'église était bondée de mélomanes avertis, d'étrangers, de curieux espérant nous apercevoir, et bruissait d'étoffes précieuses et de murmures, dans l'attente du premier coup de baguette du prêtre roux.

Et soudain, je distinguai au premier rang un beau jeune homme blond dont l'allure fit battre mon cœur... Se pourrait-il qu'il s'agisse de mon inconnu ? Il me fixait à travers le treillis métallique et je m'affolai.

Le maestro avait écrit ce concerto pour violoncelle à mon intention, me nommant soliste pour la première fois. Je me devais de jouer divinement afin d'être à la hauteur de sa considération.

En haut, sur la partition, il avait noté : « Ada dal violoncello ». C'était un honneur inestimable. Outre la reconnaissance de mon talent, il me témoignait, par ce cadeau, une profonde estime, une grande confiance et une complicité presque amicale.

Don Antonio était le premier compositeur à utiliser la forme du ritornello *pour les mouvements rapides des concertos. Il avait délaissé la structure en fugue développée par Corelli pour écrire une musique en forme de mosaïque, dont les thèmes s'accordaient entre eux par la proximité de leurs mélodies et la constance de leur pulsation rythmique, et c'était à moi qu'il confiait l'immense privilège de tester son audace sur l'assemblée. Je sentais peser une énorme responsabilité sur mes frêles épaules d'orpheline : sa réputation, son succès, son prestige… Un tout petit peu de cela retomberait vers moi comme la queue d'une étoile filante.*

Je touchai du bout des doigts ma demi-médaille de sainte Anne comme j'avais l'habitude de le faire dans les moments difficiles. Je sollicitais alors en prière l'aide de la mère de Marie qui, par substitution, était aussi un peu la mienne.

Concentrée sur ma partition, je vidai ma tête de toute pensée et de tout sentiment parasite qui risquerait d'altérer ma prestation.

Le maître m'encouragea du regard avant de lever sa baguette pour donner le signal de départ.

Les premières mesures du largo, *ce mouvement lent où la sonorité du violoncelle se détache sur l'accompagnement, se devaient d'illustrer la perfection de son art. L'ampleur du spectre sonore qui se répandait dans l'église valorisait chaque note et permettait de simplifier à l'extrême la phrase musicale.*

Le ravissement des auditeurs tenait à cette mélodie réduite au plus simple mouvement.

L'abbé Vivaldi, qui accordait une importance rare au timbre instrumental, avait mis en valeur les cordes de façon incomparable ; il avait ainsi libéré le violoncelle, pour mon plus grand bonheur, lui donnant son indépendance.

Si tendue en début de concerto, je me décontractai au fur et à mesure que j'avançais dans la musique. Je relâchai les muscles des bras, détendis les doigts de la main gauche qui virevoltèrent sur le manche et je décrispai ceux qui serraient trop fort l'archet. Je me laissai aller à varier les couleurs afin de ponctuer cette somptueuse fête sonore dans laquelle se reflétaient les cordes très nettes, d'une extraordinaire lisibilité. Plus rien n'existait en dehors de cette plénitude et, le concert fini, il me fallut plusieurs minutes pour revenir à la réalité, comme on émerge d'un évanouissement. Je regardai la nef centrale sans vraiment voir ces centaines de visages levés vers moi. Si les applaudissements n'étaient pas d'usage dans la maison de Dieu, l'auditoire était debout et je vis voler en un grand arc de cercle pardessus la grille un bouquet de pensées qui, sans un bruit, tomba à mes pieds.

J'eus alors la certitude qu'il était là. Mon bel inconnu.

IX

En remontant la rue Cockerill vers le pont de Seraing, Kevin voyait les immeubles sortir de terre comme des bolets par temps humide. Chaque jour, il constatait des changements. Apparaissaient des édifices de béton et de verre aux techniques d'avant-garde – prouesses d'isolation, cloisons d'aluminium pour capter l'énergie solaire –, et tout cela encerclait l'Église primaire de l'Assomption de la Vierge qui restait seule rescapée du passé, incongrue avec ses murs de briques brunâtres et sa forme classique de 1732.

Il se hâtait vers le domicile de Lionella qui lui avait envoyé un message sur son téléphone portable :

Salut, tu vas bien ? Si tu veux, viens chez moi pour bavarder. J'ai du nouveau pour le concours, une bonne nouvelle. Biz

Lionella l'attendait sur le pas de la porte avec le visage des jours heureux. Elle plaqua un baiser sonore sur sa joue et l'entraîna à l'étage, dans sa piaule, criant au passage à sa mère :

— C'est Kevin, on va dans ma chambre !

— On mange dans une demi-heure, répondit la voix étouffée à travers la porte.

— Ça y est ! dit-elle, enthousiaste. Mon prof m'a inscrite pour le concours Arpèges et la semaine dernière j'ai passé les éliminatoires à Bruxelles ; c'est pour ça que je ne t'avais plus donné signe de vie, ces derniers temps…

— Je me demandais ce que tu devenais… murmura Kevin.

— J'ai tellement travaillé, je n'avais plus une minute à moi. C'est que j'ai dû apprendre deux sonates en parallèle !

— Deux ? Pourquoi ?

— Avec M. Sohet, on a mis en place une stratégie secrète… J'ai présenté une sonate de Vivaldi, la n° 2 en fa majeur, bien connue celle-là, pour ne pas mettre la puce à l'oreille du jury. Je la substituerai au dernier moment…

— Quelle magouille ! Il est d'accord avec cette combine, ton prof ?

— J'ai eu du mal à le convaincre, lui qui a été si réglo toute sa vie… mais maintenant il est excité comme un gamin qui va faire une bonne blague…

— Incroyable !

— Au départ, on était environ cent jeunes, venus de plein de pays. C'était sympa ! Il y avait beaucoup de temps morts, alors on discutait pendant l'attente. Même avec les Chinois. On arrivait à se parler par gestes. C'était rigolo ! Puis, au fil des sélections, nous n'étions plus que douze concurrents pour les éliminatoires et, au final, ils n'en ont retenu que six pour le grand jour… et devine quoi ? J'ai réussi cette première épreuve avec succès ! C'est dingue, je suis acceptée. Ouaiiiis !!! hurla-t-elle, en esquissant une danse de Sioux autour du lit. Et dans deux semaines, je jouerai devant le public *Sonate pour violoncelle et basse continue en mi mineur* de Vivaldi ! La classe !

— Tu es sûre qu'elle est de Vivaldi ? tempéra Kevin.

— M'en fiche ! Quand j'aurai joué, il sera trop tard ! Ils vont peut-être me dire que ça ne correspond pas au programme annoncé… Je resterai vague… ou s'ils insistent, je dirai n'importe quoi ! De toute façon, c'est en direct à la télé alors ils ne vont tout de même pas m'arrêter quand j'aurai commencé à jouer ; après j'expliquerai aux journalistes, aux musicologues…

— T'es gonflée ! siffla-t-il, admiratif.

— Que veux-tu qu'ils me fassent ? Surtout si je joue d'enfer ! Il faut que je sois au top, et je peux t'assurer que M. Sohet et moi, on se défonce ! Je n'ai jamais joué aussi bien, je ne me suis jamais autant préparée… C'est pour ça que je t'ai un peu négligé. Je bosse jour et nuit… Enfin presque.

— Pas grave, je comprends… dit-il, indulgent.

sur le petit canal, lorsque je sentis une main gantée qui me prenait le bras. Je poussai un cri étouffé par la moretta.

— N'ayez crainte, demoiselle, ce n'est que votre humble admirateur, dit la voix que je reconnaissais.

Il retira son masque pour que je puisse voir son visage souriant.

— Puis-je ? demanda-t-il, en s'emparant du mien sans attendre ma permission. Comme vous êtes belle ! s'exclama-t-il. Aussi belle que douée. Vous êtes un ange du ciel envoyé sur terre pour envoûter mon âme.

— Oh ! monsieur, je ne suis qu'une pauvre fille…

— Pas du tout ! Vous êtes noble !

— Ne vous moquez pas, murmurai-je.

Affolée, je pensais qu'il s'amusait de moi et je me sentais ridiculement gauche. J'avais envie de fuir.

— Je ne me moque pas et ne veux pas vous effrayer… Savez-vous que l'origine du prénom Ada est germanique, tout comme celle d'Adalgisa, Adalberta, Adèle, Adélaïde et Adelinda ? Et que l'élément premier, athal, *signifie « noble » ? Permettez-moi de me présenter, comte Charles Sétil de Fays. Je viens de Liège et séjourne quelque temps chez l'ambassadeur de la principauté de Liège à Venise, en compagnie de mon ami l'abbé Simon de Harlez, liégeois lui aussi. Je fais le Grand Tour*[1] *avant de retourner à mes affaires.*

---

1. Le Grand Tour était un long voyage effectué par les jeunes gens des plus hautes classes de la société européenne destiné à parfaire leur instruction, juste après leurs études fondées sur les humanités grecques et latines. Le Grand Tour avait parfois une fonction initiatique : l'éducation sexuelle. L'étape à Venise avait longtemps servi ce but.

Tant de noms énigmatiques s'entrechoquaient à mes oreilles mais la voix bienveillante m'amadouait.

— La principauté de Liège ? Je ne connais pas… Où est-ce ?

— C'est un État du Saint Empire romain germanique, compris dans le cercle de Westphalie. Elle est enclavée dans les Pays-Bas méridionaux et s'étend le long de la Meuse jusqu'au territoire du comté de Looz.

— Looz ? La Meuse ? Que de noms étranges…

— La Meuse est le fleuve qui coule à Liège.

— Est-ce très loin d'ici ?

— Oui, à plus de deux semaines de route, mais il y a plusieurs mois que j'ai quitté Liège. Venise est la dernière étape de mon voyage.

— Oh… cela semble si loin… je n'ai jamais quitté Venise…

— Puis-je vous accompagner un bout de chemin, Ada ?

J'acceptai, et mon bel inconnu marcha à mes côtés pendant tout le trajet qui me parut très court. Rassurée et heureuse, j'aurais voulu qu'il dure une éternité. Il me parlait de masques, meublant la conversation d'un monologue animé et compensant ainsi ma trop grande timidité.

— Savez-vous comment sont fabriqués tous ces masques qui peuplent la cité ? me demanda-t-il.

Et, sans attendre une réponse, il me raconta comment ils étaient confectionnés.

— Tout d'abord, avec de l'argile, on crée le visage que représentera le masque. Ensuite, on fait le modelage d'un moule en plâtre par-dessus. Puis le papier mâché, fait de

morceaux de papier et de colle, est inséré sur le moule où il sèche lentement. Une fois durci, le masque doit être retiré de son moule puis poli avec un papier abrasif très fin. Et pour finir on le peint et on le décore de brocart ou d'autres tissus nobles agrémentés de plumes, de perles, d'or ou d'argent.

Je buvais ses paroles, reconnaissante pour sa tirade libératrice. Au fur et à mesure de ses bavardages, je sentais fondre mon effarouchement.

— Il faudra vous trouver un joli masque qui vous laissera le loisir de me parler, disait-il, enjoué : cette moretta *est un supplice pour moi qui n'ai ni fin ni cesse d'entendre votre voix cristalline.*

— La priora *ne consentira jamais… dis-je, effrayée.*

— Vous lui expliquerez que vous ne pouviez ni demander votre chemin dans le dédale des calli, *ni faire des recommandations à votre luthier sur la qualité du matériel. Je vais vous en offrir un qui soit digne de votre visage exquis. Venez, il y en a de fort jolis place Saint-Marc, dit-il en prenant mon bras d'autorité.*

Sur les canaux, des gondoles aux lignes sinueuses et élégantes glissaient au fil de l'eau, chacune manœuvrée avec dextérité par un seul homme. Confortablement installés, de jolies dames et de beaux messieurs en costumes somptueux se laissaient bercer par les chants qui s'élevaient au rythme régulier de la vogata[1].

— Que ces mélodies italiennes sont réjouissantes et raffinées ! s'exclama le comte Charles.

---

1. Coup de rame.

— *Ce sont des* canzoni da battello, *des chants qui suscitent l'engouement des étrangers comme vous. Ils raffolent de cette tradition qui a développé une poésie lyrique mêlée de musique populaire. Nous la nommons* Justiniana.

Pour la première fois, j'étais en mesure de fournir des informations que le comte semblait ignorer.

— Justiniana ?

— *Oui, car l'origine en remonte à Leonardo Giustinian, qui appartenait à l'une des plus anciennes familles de la ville. Il était poète, musicien et homme d'État. Le succès de ses compositions a déclenché une tradition de barcarolles qui explique ce don spontané des gondoliers.*

— *Des visiteurs de toute l'Europe se précipitent ici pour acheter les textes manuscrits de ces chansons et les rapportent chez eux en souvenir. Elles accèdent à un summum d'élégance poétique et musicale. Moi-même, je souhaite en ramener dans mes bagages. C'est la grande mode en France et en principauté de Liège.*

— *Vous croyez que ces barcarolles de gondoliers transmettent les valeurs de notre société vénitienne ?*

— *Oui, « l'âme vénitienne », délicate, candide, allègre, romanesque et passionnée des choses de l'amour !*

— *Pardonnez-moi mais vous vous trompez ! dis-je, enhardie et fière de mes connaissances. Les paroles que les gondoliers posent sur leur musique sont des bouts rimés d'opéras en vogue qu'ils adaptent en langage vénitien. Certains sont même empruntés à notre maestro Vivaldi…*

— Qu'importe si les étrangers se pâment au son de ces romances… Cet art populaire est si naturel, jamais vulgaire, exquis.

De babillage en causette, nous étions arrivés place Saint-Marc et le comte Charles m'entraîna au milieu des rangées de tréteaux alignés, chargés de toutes ces bagatelles fastueuses qui se vendaient pour les festivités. Il se dirigea vers l'étal d'un marchand de masques. Il y avait là, exposés, des modèles traditionnels représentant tous les personnages de Venise : Pantalone, vieux, riche et avare, semblable à la caricature d'un juif. Arlecchino, l'émigrant venu dans la Sérénissime à la recherche d'un travail. Pulcinella, l'Arlequin du Sud. Je distinguais aussi la Gnaga, un masque de chat… Celui qui le porte s'exprime par des miaulements continus ou avec des phrases obscènes. Il est utilisé par le travesti pratiquant la sodomie. Et, plus loin, je reconnaissais Il Medico della Peste avec son bec allongé. Ce masque, à l'origine, servait aux médecins pour filtrer l'air plein de miasmes durant les périodes de peste. Pour éviter la contagion, les yeux étaient recouverts de morceaux de verre. L'air pouvait circuler seulement à travers deux entailles pratiquées le long du « bec » et était purifié par des herbes aromatiques, tassées à l'intérieur.

Sur le côté droit de l'éventaire se trouvaient toutes les fantaisies chatoyantes les plus frivoles. Le comte Charles, sans hésiter, choisit un masque parmi des dizaines. C'était une merveille de soie noire brodée de fils d'or en arabesques dessinant des feuilles et des fleurs entrelacées. Il s'arrêtait au bas du nez pour laisser la bouche libre.

Il noua les deux rubans derrière ma tête encapuchonnée en ignorant mes protestations confuses.

— Voilà, me dit-il, satisfait. Ainsi vous pourrez me parler tout en dégustant un délicieux chocolat au Caffè Florian.

Et il me prit le bras pour traverser la place vers le campanile de Saint-Marc, sous les arcades où se trouvait le luxueux café. Prise de panique à l'idée de pénétrer dans un endroit aussi sulfureux pour mon éducation austère, je tentai de me dégager en lui rappelant que je devais aller chez Matteo Goffriller. Loin de s'en émouvoir, il me répondit que j'aurais bien l'opportunité de m'y rendre un peu plus tard. Je ne me débattais plus et j'eus la faiblesse de me laisser entraîner, apeurée mais dévorée par la curiosité. Je ne savais même pas ce qu'était du chocolat !

Il entra, me précédant tandis que je me cachais derrière lui. J'aurais aimé disparaître comme par magie. Tous les regards s'étaient tournés vers nous et j'en tremblais. Il se faufila avec une grande aisance entre les tables occupées par des nobles sirotant un café amer, breuvage à la mode. Aristocrates, ambassadeurs, riches marchands, artistes, hommes de lettres costumés, et même le doge, tous étaient accompagnés de jolies femmes déguisées. La décoration au charme délicat de bonbonnière se déclinait dans les différents petits salons. Je m'attardai, éblouie, dans la « salle des Grands Hommes », qui tirait son nom des nombreux portraits de célèbres Vénitiens peints par Giulio Carlini. Le comte Charles, en grand habitué des lieux, me commentait ce que j'y voyais : Francesco Morosini, le Titien, Marco Polo, Andrea Palladio, Enrico Dandolo… Venaient ensuite la « salle des Saisons ou des Miroirs », décorée par Porta, la « salle orientale » et la « salle chinoise » où l'on consommait du malvasia et des vins d'Orient. Nous prîmes place dans l'un de ces petits salons et mon compagnon commanda deux tasses de chocolat.

Il se pencha vers moi tout en poursuivant ses explications. Il prenait très au sérieux son rôle de guide et se montrait soucieux de meubler les silences que je laissais s'installer par timidité.

— C'est le 29 décembre 1720 que Floriano Francesconi a inauguré son célèbre café sous le nom de Venezia Trionfante. Un endroit magnifique, stratégique, sous les arcades des procuraties de la place Saint-Marc, avec vue sur la basilique et le campanile. Il est l'ami de tous les notables de Venise. Les clients ont très vite rebaptisé l'établissement par le nom de son propriétaire : Caffè Florian. Depuis, tout le monde le nomme ainsi.

— C'est en compagnie de votre ami l'abbé de Harlez que vous avez appris toutes ces choses savantes ? lui demandai-je, ironique et quelque peu enhardie.

— Non, évidemment ! dit-il en riant. L'abbé Simon de Harlez est un dévot. Pourtant, lorsque nous faisions nos études ensemble, au collège des Jésuites de Liège, il n'était pas aussi pieux. Son sacerdoce l'a changé mais, grâce au ciel, il n'a cependant pas modifié notre amitié. Nous sommes restés très liés. Il m'a fait le plaisir de me rejoindre ici, pour la dernière étape de mon Grand Tour, profitant de ce que lui-même devait y rencontrer le cardinal

Pietro Barbarigo. Ce fut une joie de nous retrouver comme deux collégiens insouciants que nous fûmes.

Le serveur disposa devant nous de jolies tasses de porcelaine diaphane décorées de motifs raffinés. Un breuvage étrange, brun et crémeux, laissait échapper des volutes suaves et inconnues de mon odorat. Ce parfum ne ressemblait à rien de familier.

— Vous aimez ? me demanda-t-il.

— Je ne connais pas…

— Buvez !

Je pris la tasse entre mes mains pour les réchauffer. Elle était si fine que je voyais mes doigts par transparence sur le pourtour. Je posai mes lèvres sur le rebord et goûtai cette boisson. Une onctuosité délicate, incomparable, m'envahit le palais et coula dans ma gorge comme du velours épais. C'était un régal. Cette saveur voluptueuse persista longtemps après que j'eus avalé. Charles, qui guettait ma réaction, vit le ravissement dans mes yeux.

— Je n'ai jamais rien connu de semblable ! C'est délicieux !

— C'est vous qui êtes délicieuse, ma chère.

Il prit ma main et y déposa un baiser, achevant de mettre le feu à mes joues.

*J'avais soudain trop chaud, j'étouffais, je me sentais mal. Il fallait que je sorte de ce café au plus vite sous peine de défaillir ! C'était comme si j'étais, tout à coup, la proie d'un grand danger et, d'ailleurs, les aiguilles de l'horloge indiquaient une heure bien trop avancée pour une fille exemplaire de l'*ospedale.

Il avait suffi d'un beau gentilhomme et d'un peu de chocolat pour faire vaciller mon esprit et ma morale.

Je me levai brusquement, faillis renverser les tasses, balbutiai un « je suis en retard, merci pour le masque et le chocolat » et m'enfuis vers la sortie. Dès que j'eus franchi la porte, je me mis à courir vers le Rialto pour rattraper le temps perdu. Par chance, il n'y avait pas grand monde à la boutique du luthier, j'allais être servie tout de suite.

Ce fut Matteo Goffriller en personne qui apporta ma commande. On eût dit qu'il me guettait. Dès que j'avais ouvert la porte, il avait bondi de son arrière-boutique comme Polichinelle.

— Bonsoir Ada, vous avez un très joli masque. Il vous va à ravir !

Paniquée, je portai la main vers mon visage. Dans ma précipitation, j'avais oublié cet objet qui racontait sur moi des choses indiscrètes que j'eusse préféré taire.

— Votre bouche découverte est comme un bouton de rose... Ne voudriez-vous pas dire quelques mots afin d'égayer la soirée d'un pauvre vieillard du souvenir de votre voix ?

Je saisis ma commande en balbutiant un remerciement confus et pris mes jambes à mon cou.

Au retour, je brûlai le pavé comme si j'avais le diable aux trousses, enfilant ponts et ruelles en un temps infime. Arrivée à la Pietà, je m'appuyai quelques instants contre le mur glacé pour reprendre souffle et contenance. Je fis l'échange des masques, glissant le précieux accessoire inadéquat sous ma cape, et rentrai à l'abri de ma moretta *sécurisante.*

★

Le lendemain, je fis savoir à l'abbé Antonio Vivaldi que j'étais souffrante et ne pouvais travailler à l'écriture des partitions en sa compagnie.

Depuis quelques mois, il avait pris l'habitude de me soumettre les musiques qu'il composait pour la Pietà et je devais ensuite les recopier soigneusement sur du papier à portées. Au fil des semaines, une complicité s'était installée entre nous. Parfois, j'osais me risquer à lui faire une observation, à lui suggérer tel changement harmonique, afin que ses arrangements brillent de mille feux. Jamais il ne se fâchait, au contraire, souvent il prenait en compte mes remarques. Cette préparation des partitions de concert était devenue un rituel que nous aimions partager et j'avais acquis le statut officiel de copiste. Quand tout était au point, le maestro écrivait sur les feuilles le nom des filles pour lesquelles il avait composé.

Mais, ce matin, je préférais rester cachée au fond de mon lit, sous la couverture, car des pensées chaotiques se bousculaient dans ma tête douloureuse. Je n'avais pas fermé l'œil de la nuit, en proie à une fièvre mystérieuse.

Quand Angelica vint me voir, elle soupçonnait déjà qu'un épisode romanesque m'avait rendue malade. Elle m'apportait une tisane de fleurs de tilleul censée apaiser mes inquiétudes.

— Bois, me dit-elle en s'asseyant au bord du lit, ensuite tu me conteras tes tourments.

Je ne me fis guère prier. Lui parler me soulageait mieux que la rédaction des événements relatés avec soin dans mon cahier. Je commençai par l'épisode de Matteo Goffriller.

— Dehors est plein de dangers ! lui dis-je. Ce luthier me fait penser à une araignée essayant de tisser sa toile autour de sa proie. Il me fait peur ! Il est trop aimable, mielleux et insidieux.

— Mais c'est un génie ! La lutherie vénitienne lui doit sa réputation dans toute l'Europe. Il a créé de ses mains ton instrument bien-aimé. Ne sois pas injuste envers lui, c'est un grand homme…

Je fis un geste de la main pour chasser la vision du vieillard et je me mis à lui conter cet autre épisode qui me tourmentait délicieusement, l'après-midi d'agrément en compagnie du comte Charles. Elle buvait mes paroles, m'interrompait sans cesse pour poser mille questions sur le Caffè Florian, le goût du chocolat, la toilette des belles dames, et aussi sur mon soupirant. Loin de me fatiguer, ces interrogations m'amusaient et faisaient diversion à mes remords et mes pensées funestes. Elle réussissait à me faire rire. Je me penchai pour extraire de sous le lit le cadeau précieux que Charles m'avait offert. Elle poussa une exclamation d'enthousiasme, joignant les mains sur sa poitrine avant de saisir le masque. Je la regardai suivre du doigt la courbe sinueuse des broderies d'or, en caresser la soie douce et l'élever à hauteur de son visage pour s'y camoufler. Son regard brillait de convoitise derrière la découpe des yeux en amande.

— S'il t'a fait ce joli présent, alors peut-être est-il amoureux, murmura-t-elle. Que vas-tu faire ?

*— Je ne peux plus le voir. Toutes ces choses folles ne sont pas pour une pauvre fille de l'*ospedale*, je vais m'y brûler les ailes… Un papillon de nuit n'est pas fait pour la lumière. Mon destin est derrière une grille de fer d'où seule la musique que je joue a le droit de s'envoler. La musique est mon unique liberté. Dès demain, je reprendrai la routine de ma petite existence. Je m'estime privilégiée de pouvoir faire chanter le violoncelle. Pourquoi espérer une autre vie ? J'ai frôlé un tourbillon d'artifices qui m'était interdit !*

— Tu as sans doute raison, acquiesça Angelica.

Elle m'embrassa et se leva, emportant ma tasse vide. Mais, à la porte de la chambre, elle se retourna.

— Ne sois pas triste, nous sommes amies, n'est-ce pas ?

— Nous sommes amies !

Quand elle fut partie en emportant ses rires et ses pépiements de moineau, le silence retomba sur la pièce. À la fenêtre, la brume laiteuse avait envahi la lagune avec le froid du soleil pâle.

Pour occuper mon esprit chagrin, je m'assis à ma table et posai devant moi l'une des feuilles sur lesquelles des portées avaient été tracées. Je regardais le papier en hésitant. Il y avait plusieurs semaines déjà que je pensais à ce geste, sans jamais me l'autoriser. Par manque de confiance ? Par timidité ? La journée d'hier, si excentrique, semblait m'avoir libérée de la considération des convenances liées à ma condition. Elle avait peut-être été un déclic audacieux et insolent dans ma vie austère… Je décidai de ne plus résister à la tentation et trempai ma plume dans l'encrier. Je me mis à dessiner les notes que j'entendais dans le silence. Des notes qui s'échappaient de mon cœur et venaient s'aligner d'elles-mêmes sur la page. Plus rien n'existait en dehors de cette musique intérieure. De temps à autre, je suspendais l'écriture pour vérifier un arpège sur mon violoncelle puis je revenais le noter consciencieusement. Cette parenthèse dans le temps avait atténué ma passion, comme si celle-ci était passée de mon âme à la feuille.

Quand je relus ce que j'avais écrit, je fus étonnée de me sentir sereine alors que mon manuscrit, lui, débordait d'exaltation. Je venais de découvrir un phénomène insoupçonné. Ainsi, la création avait le pouvoir de délivrer ?

Je venais de comprendre la composition en même temps que l'amour.

XI

Kevin, accoudé au parapet du pont de Seraing, contemplait la Meuse pour tuer le temps. Large et profonde, elle poursuivait sa course vers Maastricht, chargée de tous les poisons des usines encore en activité. Depuis que le laminoir s'était tu dans le bassin sidérurgique, on pouvait constater un recul de la contamination des eaux. Pourtant, en amont, il restait des industries de type Seveso, travaillant dans la chimie de produits phosphatés et fluorés. Les analyses de métaux lourds indiquaient que certains résidus, comme le zinc et le cadmium, étaient toujours bien présents dans le fleuve, avec des concentrations dépassant le seuil acceptable. Sans compter les pesticides organochlorés et les poussières de gypse, substance qui sert à fabriquer du plâtre. Mais Seraing en avait vu d'autres et avait l'habitude d'être le point noir sur la carte des villes les plus polluées.

Kevin jeta un coup d'œil vers le joli panache de vapeur blanche qui s'échappait des cheminées de la centrale nucléaire toute proche. Si elle ne polluait pas, elle laissait planer sur la région sa menace invisible. Le jeune garçon suivait des yeux les flaques d'huile moirées qui ondulaient à la surface en formant des anneaux de Newton. Au loin, deux bateaux se croisaient. Chaque fois qu'il regardait le trafic des péniches, il pensait à son père, embarqué sur l'une d'elles. Il déchiffrait les pavillons et les noms des chalands. Quand il voyait les couleurs hollandaises associées à un nom rocailleux, son cœur battait plus fort. Il croyait dur comme fer être responsable de sa fuite. Pourtant, il n'était même pas né quand son paternel les avait quittés.

Celui-ci avait épousé sa mère, enceinte de Jason, alors qu'il était encore très jeune et avait dû se résigner à travailler à l'aciérie, comme son père et son grand-père avant lui. C'était l'unique perspective pour nourrir sa famille quand on n'avait pas de diplôme en poche. Comme eux, il avait été suffoqué par les émanations des coulées de fonte, par les effluves des machines ronflant dans les enchevêtrements apocalyptiques de poutres métalliques, par les gerbes de fumées épaisses et âcres qui lui brûlaient la gorge et par le vacarme phénoménal du métal qui cogne. Il avait tenu péniblement durant quelques années mais, lorsque Kevin s'était annoncé par accident, il avait jeté l'éponge et s'était engagé sur une barge qui rejoignait le port de Rotterdam. Nathalie, trop apathique pour réclamer une pension alimentaire, s'était débrouillée tant bien que mal pour nourrir ces deux bouches.

Le petit garçon n'avait vu son géniteur qu'une seule fois, mais ce matin-là restait gravé dans sa mémoire. Il entendait encore le grelottement aigre de la sonnette, se souvenait de la stupeur de sa mère ouvrant à un bel inconnu, tanné par le soleil et les embruns.

— Toi ! Que veux-tu ? l'avait-il entendue s'indigner.

Elle faisait barrage de son corps dans l'embrasure de la porte mais le gamin se penchait pour dévisager cet étranger qui lui ressemblait.

— J' viens voir Jason… et le p'tit…

— Il s'appelle Kevin !

— Jason et Kevin, répéta-t-il en lui fourrant un bouquet de tulipes dans les bras.

— Je n'aime que les roses, avait-elle rétorqué en refermant la porte avec fracas.

— Mais maman…

— Tais-toi ! avait-elle aboyé en balançant les tulipes sur le carrelage. Va dans ta chambre !

Et elle s'était écroulée sur le canapé, son visage caché entre les mains. Sans un mot, l'enfant avait alors ramassé les fleurs et les avait enfermées dans une boîte à chaussures qu'il avait glissée sous son lit. Le soir, quand Jason rentra de l'école, personne ne lui parla de la visite et il ne sut jamais que son père avait eu un sursaut de sentiment paternel.

Kevin n'avait jamais oublié ce beau visage buriné et, sur les bateaux de la Meuse, il cherchait toujours, en vain, à le retrouver parmi ceux des mariniers.

Mais aujourd'hui il avait d'autres préoccupations. C'était le grand jour ! Il attendait que vienne l'heure fixée par les parents de Lionella pour le départ vers Bruxelles.

Un vol de mouettes remonté de la mer du Nord flottait dans le sillage écumeux d'un caboteur. Le garçon regretta de ne pas avoir emporté le pain rassis du petit déjeuner. Il était parti de bonne heure afin d'échapper aux disputes matinales entre Jason qui rentrait en titubant, irrémédiablement imbibé d'alcool, et sa mère qui hurlait des menaces qu'elle ne mettait jamais à exécution. Regarder le fil de l'eau avait sur ses nerfs à vif un effet apaisant. Ces querelles incessantes le crispaient mais c'était surtout l'appréhension liée à la prestation de son amie qui l'agitait de la sorte.

La demi-finale, où avaient été retenus six candidats sur les douze restants, avait eu lieu dans l'anonymat d'un studio, loin des caméras. La responsable des divertissements de la chaîne de télévision qui organisait le concours estimait qu'il ne fallait pas assommer le public avec ces éliminatoires peu « audimatoires ». On préférait frapper un grand coup pour la soirée finale, bien plus médiatique, à grand renfort de publicités et de bandes-annonces : « Le concours Arpèges », première émission belge à révéler les jeunes talents mondiaux du classique, en « prime time ».

Lionella était toujours en lice parmi ses cinq compagnons. Elle n'en avait jamais douté, dans l'inconscience de son enthousiasme. C'était pourtant une position inespérée car les candidatures avaient été prises d'assaut par des postulants de tous pays, attirés par le prix : une bourse d'étude de dix mille euros. Il était peu probable qu'une Belge puisse se maintenir face aux Asiatiques et aux Russes qui se disputaient habituellement l'hégémonie de tous les concours de musique classique. Mais elle y croyait !

Depuis l'avant-veille, elle était déjà aux environs de Bruxelles et logeait, avec son professeur, dans une maison d'hôtes qui était une ancienne abbaye de campagne. Un lieu parfait pour travailler au calme. Les propriétaires, qui étaient des mélomanes bienveillants, avaient tout mis en œuvre pour son confort. Ni bruits ni distractions ; il n'y avait de place que pour le violoncelle, et rien d'autre.

Et, depuis, Kevin n'avait plus aucune nouvelle. Pensait-elle un peu à lui entre deux répétitions ?

Il imaginait son air sérieux et le petit pli de concentration entre ses sourcils quand elle maniait l'archet. Il songeait à la mèche rebelle qui lui tombait sur le visage et qu'elle rejetait d'un coup de tête machinal. Parfois, elle pinçait les lèvres lorsque arrivait un passage difficile à jouer ; tous ces tics, il les avait observés et consignés dans sa mémoire.

L'heure n'avançait pas vite au cadran de sa montre. La contemplation du courant finissait par le lasser, d'autant qu'il n'y avait même pas un caillou à lancer pour faire des ricochets ; tout avait été bétonné depuis longtemps. Il y avait bien ce morceau de mur de la rue Cockerill au fond de sa poche mais la forme ne convenait pas, et puis il ne voulait pas s'en séparer. Il était devenu pour lui un porte-bonheur qui ne le quittait plus. Lionella avait sa médaille coupée et lui son morceau de briquaillon. Sa mère lui avait raconté que, petite fille, elle se promenait sur la digue le long du fleuve. Il y avait des pelouses, des parterres de fleurs et des bancs pour s'asseoir, là où lui avait toujours connu une voie rapide pour automobilistes pressés. Il quitta le pont pour se rapprocher du lieu de son rendez-vous. Puisqu'il était encore trop tôt, il se dirigea vers l'Église primaire de l'Assomption de la Vierge. Pour y entrer, il fallait contourner les travaux de construction qui l'encerclaient de leur arrogance futuriste. Il se demandait ce que faisait ce bâtiment du XVIIIe siècle au milieu du chantier. Peut-être était-ce un pied de nez aux architectes d'avant-garde. Sans doute l'église était-elle classée, ils avaient alors dû s'arranger pour l'intégrer dans leurs plans…

À l'intérieur, le contraste était saisissant ; le bruit des marteaux-piqueurs et des grues faisait place à un silence solennel. Les colonnes, les peintures et les dorures, fanées faute de moyens pour les restaurer, défiaient l'éclat du verre et de l'acier extérieurs. Kevin n'était pas croyant ; Nathalie n'avait jamais songé à le faire baptiser ni à l'envoyer à la messe. Pourtant, il s'agenouilla devant une peinture de sainte Anne, la mère de la Vierge Marie, celle qui était représentée sur la médaille coupée de Lionella, qu'elle ne quittait plus depuis qu'il la lui avait offerte. Elle disait qu'elle lui portait chance, alors si lui aussi demandait de l'aide à sainte Anne pour la prestation de son amie, cela ne pouvait pas faire de tort... On ne sait jamais. Il n'avait pas appris à prier et ne savait comment s'y prendre.

— Bonjour, sainte Anne, ne soyez pas fâchée si je ne viens pas à la messe, c'est pour Lio que je m'adresse à vous... Il faut qu'elle gagne le concours. Elle a tant travaillé ! Elle serait si heureuse et moi aussi... Sainte Anne, elle porte votre médaille, alors vous devez l'aider, d'accord ?

Il remarqua soudain les cierges que l'on pouvait brûler pour des requêtes. Il fouilla la poche de son jean, en tira une pièce qu'il jeta dans le tronc, alluma une bougie et la planta au milieu des autres, consumées.

— Voilà, je vous en achèterai d'autres si ça marche, sainte Anne !

Et il sortit de la pénombre, content de lui, pour retrouver la lumière aveuglante de la rue Cockerill.

*

Beaucoup de monde se pressait dans le vaste hall d'entrée donnant accès à la salle de concert, haut lieu de la culture bruxelloise, construit dans les années 1930 en style Art déco. La télévision avait pris possession de l'espace à grand renfort de matériel sophistiqué. Kevin, impressionné, avançait entre les parents de Lionella et tous trois semblaient anxieux. Une hôtesse les guida vers leurs fauteuils où ils s'installèrent en vue d'une longue soirée musicale.

Les six candidats allaient se produire en direct devant les caméras de la télévision nationale. Il y aurait des disciplines aussi différentes que le chant, le violon, le piano et le violoncelle. Le jury était composé d'un docteur en musicologie de l'université de Lausanne, d'une chanteuse lyrique italienne, d'un violoncelliste allemand, ancien lauréat du concours international Pablo Casals, et d'un violoniste français qui avait épousé une célèbre présentatrice du journal télévisé, formant avec elle un couple très glamour et médiatisé bien au-delà des frontières de l'Hexagone. Ce jury s'était engagé à ne pas discuter des prestations des candidats. Les notes seraient attribuées de manière confidentielle et le palmarès établi sur la base de ces notes.

Il se murmurait dans les rangées de fauteuils que la reine serait peut-être présente.

Les coulisses ressemblaient à une ruche bourdonnante. Deux chanteurs faisaient des vocalises. Un étui à violoncelle traînait sur le sol, tandis qu'un autre, encore sur le dos d'un violoncelliste retardataire, faisait ressembler son propriétaire à une tortue sur deux pattes.

Les techniciens et les cameramen couraient en tous sens pour les ultimes mises au point. L'effervescence était à son comble.

Dans la presse, cette compétition soulevait la polémique. Si le concours Arpèges avait pour but de mettre en scène, de la plus jolie façon, le classique, il avait aussi un petit goût de « *talent show*-téléréalité » qui dérangeait les puristes. Était-il raisonnable de faire concourir ensemble des disciplines aussi diverses ? Comment comparer et juger une voix et un violon ? Un piano et un violoncelle ? Il avait néanmoins permis à de jeunes musiciens de tous horizons de se rencontrer et de confronter leurs expériences. Il n'y avait qu'à voir, lors des précédentes épreuves éliminatoires, le trottoir plein de ces génies en herbe, en train de rire et de papoter, tout en s'échangeant parfois quelques bons tuyaux. Le temps d'une journée, ils s'étaient retrouvés à la fois rivaux et complices. Au fur et à mesure des épreuves, Lionella était restée la seule Belge, la seule francophone.

Dans sa loge, la jeune fille se concentrait en écoutant les derniers conseils de M. Sohet. Elle était vêtue comme une princesse. Un styliste lui avait prêté une longue robe blanche de taffetas avec bustier qui mettait en valeur ses épaules, et le coiffeur lui avait arrangé un chignon sophistiqué en dégageant sa nuque. Cette fois, pas de danger qu'une mèche folle lui tombe dans les yeux ; elle se sentait guindée comme une poupée de collection. Elle avait failli s'énerver sur la maquilleuse qui voulait lui enlever la médaille qu'elle portait au cou.

— Retirez-la, mademoiselle, cette vilaine médaille de bronze cassée…

— Coupée ! rectifia Lionella, agacée.

— Euh… coupée… si vous voulez… elle n'est pas digne de votre jolie robe. On vous prêtera un bijou !

— Pas question ! C'est mon porte-bonheur ! avait-elle répliqué en défendant sa relique.

Elle allait jouer « sa » *Sonate pour violoncelle et basse continue en mi mineur.* Pour préserver le secret avant le coup de théâtre qu'elle ne manquerait pas de susciter, elle avait comploté et débattu la question avec M. Sohet. Ils avaient décidé que ce serait lui qui l'accompagnerait au violoncelle pour la basse continue. Il était impensable de la faire jouer par le clavecin de l'orchestre de chambre mis à disposition des candidats. Il aurait fallu préalablement fournir la partition et tout aurait été découvert avant la prestation.

Ils avaient étudié la façon d'élaborer cette ligne de basse, en restituant sa richesse, sa variété et sa souplesse. Cette technique propre à la musique baroque implique qu'un instrument grave – un clavecin, une viole de Gambe ou un violoncelle – répète un motif tout le long du morceau, tandis qu'un autre instrument complète l'harmonie, comme un chant. Les deux interprètes avaient ainsi opté pour un accompagnement minimal avec un deuxième violoncelle qui serait exécuté par M. Sohet lui-même. Professeur réputé à la longue carrière pédagogique, il était aussi un excellent violoncelliste et donnait régulièrement des concerts en quatuor dans toute la Belgique. Son expérience de la scène était rassurante pour Lionella et la mettait en confiance.

Elle attendait donc son tour en s'efforçant de rester sereine.

*

Lorsque tous les spectateurs furent installés, des murmures et des applaudissements se firent entendre. En levant les yeux vers la loge royale, Kevin, un peu déçu, vit non pas la reine, qui avait décliné l'invitation, mais la princesse dont la présence était moins marquée par le protocole. Elle salua d'un petit signe de tête élégant avec un demi-sourire réservé sur les lèvres. Les caméras se braquèrent sur elle pour un gros plan.

Le spectacle pouvait commencer.

Dominique, speakerine-vedette et maîtresse de cérémonie, apparut sur scène, toute rutilante dans sa robe lamée d'or. Elle annonça le premier musicien d'un ton enjoué.

La soirée se déroulait de manière fort agréable.

Chaque postulant avait choisi son compositeur favori et le défendait avec brio. Qu'elles soient vocales ou instrumentales, de belles envolées planaient dans la vaste salle Art déco à l'acoustique parfaite. Entre chaque compétiteur, Dominique y allait de son petit texte truffé de bons mots, soigneusement choisis pour être drôles et populaires – prime time oblige – mais jamais vulgaires, afin de ne pas déplaire au public plus guindé de la salle. Un exercice périlleux qu'elle effectuait en lisant du coin de l'œil sur le prompteur sans en avoir l'air.

La quatrième candidate était Lionella, qu'elle introduisit non sans une pointe de chauvinisme.

Lorsque la jeune fille s'installa sur sa chaise, toute menue aux côtés de M. Sohet, Kevin saisit la main de Carla et la serra très fort. Son cœur cognait à grands coups dans sa poitrine. Il avait des difficultés à respirer. Bouche ouverte, aspirant l'air comme un poisson à la surface de l'eau, il crut qu'il allait se sentir mal mais, quand le duo donna le premier coup d'archet, la pression se relâcha. Il ne connaissait rien à la « grande musique » pourtant, d'instinct, dès le début de la sonate, il devina que tout se passait très bien.

La divine Lionella s'imposa ; parfois audacieuse mais cependant leste, elle demeurait toujours virtuose, avec des *allegri* déchaînés et un phrasé quasi infini. Les yeux mi-clos, le visage radieux, elle semblait dans un ailleurs, un monde qui n'appartenait qu'à elle. Sa technique impeccable, sa souplesse d'archet et sa grande musicalité emballèrent l'assistance. Dès le point d'orgue final, un fracas d'applaudissements teintés d'une bonne dose de patriotisme emplit la salle. La princesse, dans sa loge, applaudissait du bout des doigts, avec beaucoup de classe, sa jeune compatriote tandis que M. Sohet et Lionella s'embrassaient, très émus. Des murmures s'amplifiaient de toutes parts, résonnant de questions en suspens... « Quelle est donc cette sonate ? » pouvait-on entendre. « Connais pas... jamais entendue... quel numéro ?... opus ?... comment se fait-il ?... où a-t-elle trouvé ?... étrange... nouvelle ?... mi mineur... Vivaldi... »

La maîtresse de cérémonie dut frapper dans les mains et réclamer le silence pour le participant suivant.

Dès que les six concurrents eurent accompli leur œuvre, le jury se retira pour donner ses notes et choisir les trois lauréats de cette grande finale.

Un quart d'heure de publicité plus tard, l'émission reprenait. La présentatrice s'avança sur scène. Elle avait changé de toilette et évoluait désormais dans une robe noire décolletée tout aussi séduisante. Un huissier de pacotille lui remit une enveloppe géante qu'elle déchira avec emphase pour en tirer le nom des vainqueurs. Elle envoyait des sourires enjôleurs à la caméra pour faire durer le suspense.

On avait placé les six musiciens sur le devant de la scène, par ordre de passage. De cruels plans rapprochés permettaient de guetter sur leurs visages l'attente fébrile du verdict.

— Le troisième prix est attribué à... Vladimir Petrenkoïev pour le chant !

La chanteuse lyrique italienne, membre du jury se pâmait.

— *Magnifico ! Bravo !*

Le jeune Russe échangea un regard incrédule avec ses collègues et s'avança pour recueillir son prix et les félicitations des jurés. Il se plaça côté cour, sur une croix tracée à la craie, comme on leur avait appris à le faire en répétitions.

— Le deuxième prix est attribué à… Lionella Petrella pour le violoncelle !

Stupéfaite, oscillant entre soulagement et déception, elle fit un pas hors du rang tandis que la salle exultait. Le président du jury l'embrassa d'autorité et lui colla dans les mains un rouleau de parchemin enrubanné de rouge tandis que le violoniste-vedette la congratulait sur son admirable jeu d'archet.

— Et le premier prix est attribué à… Chun Yong pour le piano !

La salle accueillit l'annonce avec des hourras.

Kevin, tassé au fond de son siège, semblait catastrophé.

— Alors, elle n'a pas gagné, murmura-t-il sans parvenir à contenir sa déception.

Carla l'embrassa avec fougue et Paolo se pencha vers lui :

— C'est un excellent résultat, tu sais… presque un miracle !

— Euh… oui… peut-être… Mais j'espérais…

— C'est magnifique ! Extraordinaire ! coupa le père en applaudissant sa fille à tout rompre.

Les musiciens accompagnateurs avaient rejoint les solistes et tous se congratulaient. Les journalistes et les photographes s'avançaient au premier rang. M. Sohet avait saisi Lionella dans ses bras pour la serrer avec émotion. Il régnait dans la salle une euphorie indescriptible.

Le professeur glissa quelques mots à l'oreille de son élève et ils profitèrent de la confusion générale pour reculer vers le fond. Tant de monde avait envahi le plateau que plus personne ne les regardait. Ainsi, les deux complices s'éclipsèrent avant la ruée de la presse, qu'ils devinaient imminente. Ils pressentaient une avalanche de questions sur la sonate et s'affolaient de ce qu'ils avaient osé. Ils aspiraient au calme afin de pouvoir réfléchir à une stratégie pour la suite. Une disparition momentanée ne ferait qu'attiser la curiosité des médias. Les oreilles bourdonnantes de bravos, la jeune fille ne prit pas le temps de se changer. Elle jeta précipitamment un manteau par-dessus sa robe blanche. Ses escarpins à la main, elle courut vers la sortie et embarqua dans le taxi que M. Sohet, parti en éclaireur, avait hélé.

— Tu as perdu ta pantoufle de vair ? plaisanta-t-il en la voyant pieds nus.

Mais elle n'avait pas la tête aux taquineries, et se contenta de hausser les épaules en s'installant sur la banquette arrière. Assis côte à côte, les comparses se turent durant tout le trajet qui les séparait de l'abbaye. Le silence semblait préférable à des propos irréfléchis et ils étaient fatigués. Le taxi les déposa devant leur refuge. Lionella prit congé de son complice et, une fois seule dans sa chambre, elle téléphona enfin aux siens pour recueillir impressions, rires, larmes, félicitations et compliments.

Bien plus tard dans la nuit, Kevin, qui n'arrivait pas plus qu'elle à trouver le sommeil, lui envoya un texto qui fit scintiller l'écran de son portable.

Je ne peux pas dormir. Suis trop énervé. Tu étais magnifique. J' te kiffe. Je t'aime. Dors bien.

Lionella sourit et sauvegarda le message.

Abandonnant ensuite l'idée de trouver le sommeil, elle fouilla dans sa valise et en sortit le cahier d'Ada. Elle défit les deux fines lanières de cuir et tourna les pages jusqu'à l'endroit où elle avait arrêté sa lecture. Bien qu'elle eût très envie de savoir ce qu'il était advenu de son amie des siècles passés, cela faisait des semaines qu'elle n'avait plus trouvé de temps pour lire la suite des aventures de la jeune fille. Son violoncelle en avait accaparé la moindre minute. Elle s'immergea peu à peu dans le décryptage du carnet intime et se laissa couler dans l'eau sombre de la lagune, s'oubliant au rythme lent des mots d'Ada.

XII

*Le mercredi qui suivit mon escapade coupable au Caffè Florian, je n'eus pas la possibilité de sortir car l'*acqua alta[1] *avait envahi la Sérénissime. Je n'eus donc pas non plus l'occasion de réitérer ma frivole inconduite ni de me torturer sur les conséquences qu'elle pouvait engendrer. La commande de cordes, de colophane, de mentonnières, d'anches et de plectres devrait attendre chez Matteo Goffriller.*

Toute la semaine j'avais vécu entre angoisse, honte et espoir… Tourmentée par ces sentiments contradictoires, je ne trouvais plus le sommeil. Mes moindres faits et gestes habituels me semblaient étrangers, comme s'ils étaient accomplis par une autre. Mon moi secret était ailleurs. Là-bas, dans la cité bruissante de plaisirs, d'intrigues amoureuses, de rencontres discrètes en rendez-vous secrets.

Je restais collée contre la fenêtre à regarder le niveau de l'eau qui montait. La marée haute avait signé une alliance

---

1. Littéralement « eau haute ». Désigne la période de crue à Venise, due aux marées, entre l'automne et le début du printemps.

avec la pleine lune et son camarade venteux, le sirocco. En soufflant du sud-est vers le nord, il agissait comme un bouchon, retenant l'eau dans la lagune et empêchant le trop-plein de repartir vers l'Adriatique. Une bonne partie des sestieri *était inondée, rendant les déplacements difficiles, surtout vers le quartier San Polo, construit sur des marais, où se trouvait la boutique du luthier. Des millions de pieux en chêne et en mélèze soutenaient Venise, mais l'eau s'infiltrait néanmoins par le bas. Elle commençait par former des flaques qui, peu à peu, se rejoignaient. Bien sûr, elle arrivait aussi par les canaux marins qui traversaient la cité.*

Le comte Charles me guettait-il sur les passerelles disposées dans les artères principales pour permettre aux Vénitiens de circuler ? C'était peu probable car il devait savoir qu'il m'était impossible de sortir de notre petite calle. *Il n'y avait pas de passerelle à la porte de la Pietà mais cent dix centimètres d'eau qui s'insinuait dans le bâtiment et en imprégnait les murs. Sans cesse mes pensées allaient vers lui et son beau visage régulier qu'il avait démasqué avec un sourire. Rien qu'à l'évoquer, mes joues s'embrasaient. Je goûtais au souvenir du baiser sur ma main et ne savais si c'était un supplice ou un délice. J'avais beau toucher ma médaille coupée en implorant sainte Anne, je ne pouvais le chasser de mon esprit. Il y revenait sans cesse, comme un fruit défendu au parfum exquis. Je lui associais tous les qualificatifs que j'avais attribués à cette boisson qu'il m'avait fait découvrir : le chocolat. Douceur, plaisir extrême, délicatesse, chaleur, nouveauté, tentation… Il s'était comme incarné dans ce liquide diabolique.*

Je faisais pourtant de mon mieux pour m'appliquer à mes tâches routinières.

Le lendemain de ma maladie factice, j'avais repris mon travail de copie de partitions pour l'abbé Antonio Vivaldi. Il s'était fait conduire le matin en gondole à notre porte pour organiser le concerto que nous devions jouer le dimanche suivant, si Dieu le voulait bien. Nous avions discuté des dernières mises au point musicales et avions distribué les noms des interprètes pour chaque instrument. Pourvu que la bora, ce vent polaire et puissant qui sait vider la lagune en cas de trop fortes marées, veuille bien y mettre du sien. En fin de matinée, lorsque tout fut réglé et que le maestro allait se retirer, j'osai lui montrer la feuille sur laquelle j'avais fiévreusement couché mon largo. Surpris, il saisit mon manuscrit et le parcourut des yeux. Je voyais ses lèvres qui articulaient les notes. Perplexe et inquiète, j'attendais le verdict dans la crainte d'une moquerie condescendante. Je me mis à trembler de mon outrecuidance. Qui étais-je pour prétendre à la composition ? A-t-on jamais vu une pauvre orpheline se monter la tête avec autant de suffisance ? Quelle vanité s'était emparée de moi, petite chose insignifiante à charge de la charité de la République de Venise ? J'aurais souhaité en cet instant me noyer au fond du canal et disparaître sans laisser de trace.

Médusée, dans le brouillard de honte qui m'enveloppait, je perçus par bribes les mots aimables et doux de l'abbé : « excellent... beau travail... lyrique... passionné... harmonie... douée... ».

Il me saisit la main et ajouta :

— Ce largo devra être joué très lentement pour mettre en valeur toute l'émotion qui s'en dégage... Tu étais donc bien malheureuse, ce jour-là ? C'était le jour de ta maladie si je ne m'abuse ?

Affolée, je ne répondis pas.

— Il n'y a que la maladie d'amour pour provoquer un aussi bel élan... À présent, il te faudra écrire le deuxième mouvement, l'allegro, un mouvement rapide, enjoué, vif, guilleret qui sera pour toi une consolation, et qui t'aidera à retrouver la joie de vivre.

★

Dans la nuit de samedi à dimanche, la bora avait balayé Venise de son souffle glacial, évacuant le trop-plein d'eau de la lagune comme une baignoire qui se vidange. Le vent hivernal séchait les murs imbibés en s'engouffrant dans les calli.

Dimanche, quand arriva l'heure du concert, nous étions toutes en place, comme des rossignols en cage, derrière les grilles de l'église. Il y avait un chœur de quarante filles. Devant elles, cinq solistes, dont Angelica dal contralto. Elles seraient accompagnées par des cordes : des violons, une viole d'amour et mon violoncelle. Le public se pressait entre les rangées de chaises pour écouter la musique du prêtre roux. Je ne pouvais distinguer les visages de l'endroit où j'étais assise. Est-ce que le comte Charles était là ? Je le redoutais et le souhaitais tout à la fois. Je voulais que le son mélodieux de mon violoncelle flotte jusqu'à lui, *l'enveloppe d'amour, l'ensorcelle, et pourtant j'avais honte de ces pensées coupables dans la maison de Dieu.*

Ce fut néanmoins avec un élan de ferveur que je lançai l'archet pour envoyer le son au-delà du grillage métallique. Je ne jouais que pour lui, qui était peut-être tapi dans la pénombre. Je souhaitais qu'il reçoive en plein cœur la fougue de mon instrument.

Lorsque les chants, adorables de légèreté, s'élevèrent en s'amplifiant sous la voûte de l'église, la sinfonia *confina à une œuvre du ciel. Elle produisait une impression si voluptueuse qu'aucune âme ne pouvait y résister.*

Lorsqu'elles sont toutes féminines, les tessitures rapprochées des intonations accentuent, par le resserrement des intervalles, l'effet des dissonances. La conséquence est poignante et il n'est pas rare que des auditeurs ne puissent s'empêcher de pleurer, touchés par la grâce.

Entendre ces merveilles sans pouvoir percevoir les visages de celles qui les produisent excite l'imagination en donnant l'impression d'un paradis sur terre. Et pourtant, beaucoup de mes camarades étaient enlaidies par les années passées à l'ombre des murs sombres, fanées avant l'âge canonique.

Vivaldi savait comment valoriser chacune de ses élèves. Il leur confiait les parties vocales ou instrumentales qui convenaient le mieux à leurs talents respectifs. Les soprani rivalisaient avec l'orchestre en une frénésie fougueuse dans le premier mouvement, et dégageaient une intense tristesse dans le second. Les alti – nommées « voix d'airain » par l'abbé – et la contralto Angelica étaient messagères de mystère et d'émotion. Leurs voix étaient plus profondes que celles, brillantes, des soprani. Le timbre grave était le plus recherché chez une fille et celle qui le possédait était très vite repérée ; Angelica était adulée.

Lorsque les dernières notes eurent vibré sur l'assistance recueillie, des chuchotements et des murmures exaltés prirent toute la place entre les colonnes de marbre.

*Le règlement de l'*ospedale *nous ordonnait de sortir en silence de la galerie grillagée mais il arrivait qu'une personne de l'assemblée sollicite une rencontre. Très occasionnellement, une pensionnaire sortait alors de sa cage dorée, chaperonnée par un responsable fiable.*

Ce jour-là, après les vêpres, je rangeais le matériel dans la salle de musique tout en échangeant mes impressions avec Angelica quand l'abbé Antonio Vivaldi y entra. Il se dirigea vers nous pour nous informer que de nobles messieurs désiraient nous rencontrer toutes deux, quelques instants. Mon cœur bondit dans ma poitrine et je serrai la main de mon amie qui, loin d'être impressionnée, demanda de qui il s'agissait.

— L'ambassadeur d'Autriche à Venise, le baron Erich von Rath, qui a été charmé par le timbre suave d'Angelica. Et mon confrère, l'abbé Simon de Harlez, accompagné de son ami, le comte Charles Sétil de Fays, qui semblent avoir vibré au son du violoncelle d'Ada, dit le maestro.

Angelica remit de l'ordre dans ses boucles brunes, en un geste frivole de coquetterie, tandis que l'inquiétude se peignait sur mon visage.

— N'aie crainte, me glissa l'abbé, je resterai à vos côtés tout le temps de l'entretien et je réponds de ces nobles personnes.

Nous fûmes donc introduites au parloir où ces beaux messieurs s'inclinèrent pendant que l'abbé de Harlez nous bénissait. Don Vivaldi menait la conversation en commentant nos talents et la technique qui était la nôtre. Mais, tandis qu'il parlait de ses compositions, Charles et moi ne nous quittions pas des yeux. Nous étions comme avides de graver dans nos esprits les traits aimés pour les emporter plus tard dans le secret de nos rêves. Car je l'aimais, j'en étais à présent sûre, et je crois qu'il m'aimait aussi.

Lorsque les convenances imposèrent de se quitter, après quelques minutes, et que nos soupirants nous eurent présenté leurs hommages respectifs, un dernier regard langoureux de Charles nous accrocha l'un à l'autre. Il fallut du stoïcisme pour s'y arracher.

De retour dans ma chambre, je m'aperçus que je tenais toujours la main serrée d'Angelica. Celle-ci la retira et me sauta au cou.

— Je vais me marier ! C'est sûr ! Je vais quitter la Pietà !

— Toi, peut-être... car tu es la fille illégitime du noble Francesco de Comastri et tu seras dotée... mais moi... je ne suis qu'une pauvresse abandonnée ! Un comte ne peut pas épouser une fille comme moi...

— Qui sait ? me répondit-elle en m'embrassant.

Mais, trop heureuse ce soir-là, je n'étais pas disposée à me morfondre. Les murs de ma cellule s'étaient couverts d'une pluie d'étincelles multicolores semblables à celles qui emplissaient mon cœur épris.

Aimer ! Ce mot battait dans ma poitrine avec tant de douceur que mes rêveries en devenaient légères.

Le sourire de Charles s'était substitué à celui, imaginaire, d'une mère bien trop abstraite.

Peut-être que tu ne reviendras jamais me chercher, ma mère. Peut-être es-tu morte depuis longtemps. J'ai rempli pour toi ce cahier, ligne après ligne. J'y ai retranscrit ma pauvre vie afin de te la faire partager en un jour improbable... Je voulais juste être aimée. Je ne savais pas encore qu'un autre endosserait ce rôle, revêtirait l'habit de l'amour...

À présent, c'est pour lui que j'écris. C'est pour nous que je consigne fidèlement nos dialogues. Nous ! Je ne pensais pas un jour pouvoir employer ce pronom.

Charles. Charles. Charles. Je ne me lasse pas de recopier son prénom.

J'ai envie de rire, de chanter. Des notes allègres se bousculent sur mes lèvres.

Je saisis du papier à portées et me mis à écrire frénétiquement le deuxième mouvement de ma sonate.

« Un mouvement rapide, enjoué, vif, guilleret qui sera pour toi une consolation, et qui t'aidera à retrouver la joie de vivre », m'avait dit le maestro.

Je le tenais, mon allegro *! Il jaillissait de ma plume en un feu d'artifice de sons dans ma nuit blanche.*

De dehors, les rumeurs du carnaval me parvenaient étouffées.

Charles était-il de la fête, m'oubliant déjà, masqué et dansant avec une Colombine ou une marquise travestie ?

Au petit matin, je m'endormis, la tête sur mon bras replié. La plume avait glissé de mes doigts, ponctuant d'une grosse tache les petites notes serrées les unes contre les autres.

XIII

« La plume avait glissé de mes doigts, ponctuant d'une grosse tache les petites notes serrées les unes contre les autres », lut Lionella, avant de refermer le cahier d'Ada. Épuisée par sa folle journée, elle se coucha enfin, les yeux rouges de fatigue. La nuit sombre enveloppait l'abbaye. On entendait au loin, dans les fossés moussus, coasser des crapauds, et il y avait dans l'air une odeur d'herbe mouillée. La crécelle des grillons ressassait dans les feuillus. Tout ce petit peuple nocturne semblait vouloir la bercer.

Soudain, alors qu'elle se sentait glisser vers le sommeil, une image jaillit derrière ses paupières closes et elle ouvrit grands les yeux sur le plafond obscur. Elle voyait très nettement la grosse tache ponctuer les petites notes serrées les unes contre les autres ! La tache d'encre sur la partition !

Que faire ? L'original était à Seraing ! Impossible de vérifier ! Pourtant, elle était presque sûre d'avoir vu cette bavure sur le bas de l'*allegro* de la sonate.

Perturbée, elle se dit qu'il fallait qu'elle en parle à M. Sohet avant la conférence de presse du lendemain. Elle se doutait que les journalistes allaient la bombarder de questions sur cette mystérieuse sonate, et se demandait avec appréhension ce qui allait à présent lui arriver… S'il était inouï qu'une jeune Belge gagne le deuxième prix de ce prestigieux concours, une partition inconnue de Vivaldi, et surtout authentique, l'était plus encore !

Elle se souvenait d'avoir vu à la télévision un reportage expliquant que les Archives nationales écossaises avaient découvert la partition d'un concerto pour flûte de Vivaldi jusqu'alors perdu. Il ne s'agissait cependant pas de l'original, mais d'une copie d'époque. « Comme quoi, la musique baroque peut encore avoir des choses à nous révéler », avait conclu le présentateur.

Elle devinait que sa déclaration allait faire l'effet d'une bombe dans ce microcosme musical, très élitiste, et elle comptait beaucoup sur la protection de son fidèle professeur pour l'aider.

Lionella se retourna dans son lit, exténuée, et chavira dans un profond sommeil sans rêves.

★

Le lendemain, lorsque M. Sohet vint frapper à sa porte pour l'emmener à la conférence de presse, elle était déjà prête. Ses cheveux lâchés tombaient sur ses épaules, et elle avait revêtu son jean habituel ainsi qu'un simple t-shirt.

— Oh ! dit-il, déçu, pourquoi n'as-tu pas mis une jolie robe ? La télévision sera là, il y aura des photos…

— C'est très bien ainsi, répliqua-t-elle. Hier, j'ai accepté de me déguiser mais à présent ça suffit ! D'ailleurs, j'ai peur d'y aller et mon vieux jean me rassure.

— Tiens, je croyais que c'était ta médaille qui te portait bonheur…

— Elle aussi, évidemment, dit-elle en passant le doigt sur l'arête métallique.

— Cette médaille… tu ne crois pas qu'il serait temps de m'en parler ? demanda-t-il, suspicieux. Elle accompagnait la partition, pas vrai ?

— Oui, dit-elle, résignée à lui dévoiler enfin ce qu'elle avait jalousement dissimulé.

Elle éprouvait un sentiment diffus de malaise, comme si elle était sur le point de trahir une amie intime et craignait, par ces confidences, de perdre l'exclusivité des secrets partagés avec Ada. Son Ada ! Elle était tiraillée entre son âme romanesque, qui se complaisait dans l'illusion d'une amitié possessive par-delà les siècles, et l'urgence de la situation, qui lui soufflait d'être raisonnable.

Son professeur, qui la connaissait bien, attendait sans la brusquer qu'elle rompe ce silence.

Elle s'éclaircit la voix et se lança, très vite, comme si elle plongeait dans le vide :

— Bon, d'accord ! Je vais vous confier une chose qui a failli m'empêcher de dormir cette nuit ! Asseyez-vous quelques minutes, je ne vous ai pas tout dit, c'est vrai.

Il jeta un regard furtif à sa montre, estimant le temps dont ils disposaient, et décida qu'il pouvait lui consacrer dix minutes sans que cela porte à conséquence. Il s'installa au bord du lit pour écouter le récit de son élève.

Lionella entreprit alors de tout lui expliquer : la découverte de Kevin, les partitions, la médaille, mais aussi le journal d'Ada. Elle lui raconta l'histoire de la jeune fille, du moins jusqu'à la page où elle était arrivée. Elle lui parla enfin de la révélation qui l'avait frappée en pleine nuit, la tache au bas de l'*allegro*.

— Cette tache, je suis presque sûre de l'avoir vue !

— Et qu'est-ce que ça prouve ?

— Eh bien, c'est évident…

Elle hésitait pourtant, ses mots coincés au bord des lèvres.

— … cela voudrait dire que la *Sonate pour violoncelle et basse continue en mi mineur* est l'œuvre d'Ada !

Stupéfait, M. Sohet la regarda. Il ne pouvait croire à ce qu'il venait d'entendre ! Depuis plusieurs semaines, il avait comploté en secret, il avait trompé les organisateurs, il s'était préparé à affronter une tempête médiatique et voici que cette satanée gamine, d'un seul coup, ruinait tout. Non ! C'était impossible. Paniqué, il tenta de la raisonner.

— Écoute, Lio, quand tu as déployé tous tes arguments pour me convaincre de te soutenir dans ton désir de présenter cette sonate au concours, j'ai accepté ! J'avais pourtant objecté que ce n'était peut-être pas du Vivaldi mais, qui sait, un obscur compositeur... Tu m'as rétorqué avec force qu'il s'agissait d'une véritable « architecture vivaldienne » – ce sont tes mots –, que ça ne faisait aucun doute !

Lionella détourna le regard.

— S'il te plaît, implora-t-il, ne brûle pas les étapes, au risque de tout faire échouer ! Je t'ai toujours donné la main et je t'appuierai encore, s'il le faut. Mais chaque chose en son temps. Il ne faut jamais agir sur un coup de tête. Nous devons procéder méthodiquement, avec calme et raison. C'est déjà un miracle que tu n'aies pas été éliminée pour ta supercherie d'échange de sonate. Il s'en est fallu de peu. Tu sais, les débats ont été houleux dans le jury ! Seule ta prestation magnifique t'a sauvée... Et aussi leur curiosité, il faut bien le dire !

Lionella, penaude, était partagée entre le regret d'avoir parlé et le soulagement d'être délivrée de ce secret trop lourd pour ses jeunes épaules. Son professeur profita de cet accablement silencieux pour reprendre les rênes.

— La première chose à faire est d'aller à cette conférence de presse et de répondre aux questions comme nous l'avions prévu. Pour le moment, nous supposons que c'est une partition de Vivaldi retrouvée.

Rien de plus ! J'ai déjà pris contact avec un musicologue qui nous mettra en relation avec le sacro-saint et très officiel Institut Vivaldi de Venise pour tenter une authentification. On verra quel sera leur verdict… Le monde entier va en parler, ta carrière va être lancée ! Tu seras invitée partout à jouer cette sonate. Et pour commencer, pas plus tard que dimanche, au Palais royal, où les lauréats seront reçus pour un concert. Tu m'as bien dit que ton Ada était préposée à la copie des compositions de son maître, elle a très bien pu tricher ou fantasmer, se bercer d'illusions, rêver, écrire des chimères pour échapper à sa triste réalité, plagier le *maestro* pour éblouir quelqu'un… Tant de choses sont possibles !

Il s'approcha de son élève et lui caressa la joue, attendri par son regard peiné.

— Allons, jeune fille, nous allons remplir notre première mission, la conférence de presse, et on verra par la suite… Je suis avec toi, d'accord ?

— D'accord, répondit Lionella d'une voix blanche.

Elle prit le bras que M. Sohet lui proposait pour se diriger vers le taxi qui attendait au pied du perron de l'abbaye.

XIV

En sortant de la Pietà, je levai les yeux vers le ciel blanc ; le temps était redevenu doux et humide. Plus de sirocco ni de bora pour empêcher mon échappée hebdomadaire. Une brume s'évaporait des murailles trempées par la dernière acqua alta *qui avait laissé là sa carte de visite. Les flaques sur les berges fumaient en se dissipant sous un soleil froid. Il n'arrivait pas à percer cette couverture cotonneuse enveloppant la base des palais. J'avais l'impression étrange qu'ils flottaient en trompe l'œil par-dessus les canaux. Ce brouillard protecteur se faisait complice de mon escapade, si bien que cela me parut naturel lorsque, sortant de nulle part, Charles fut à mes côtés comme un magicien.*

— N'ayez crainte, c'est moi… souffla-t-il. Je vous ai attendue.

— Je vous attendais, moi aussi, et je n'ai plus peur, m'entendis-je répondre, après avoir ôté mon masque.

J'étais sûre à présent que sainte Anne, mère de Marie, ne me défendait pas d'aimer. Comment avais-je eu la sottise de penser que ce serait un péché ? Sainte Anne, elle aussi, avait aimé Joachim. Un homme riche et pieux qui donnait aux pauvres et au temple puis s'était retiré dans le désert pour jeûner et faire pénitence pendant quarante jours. Des anges lui étaient apparus pour lui promettre un enfant. Quand Joachim était revenu à Jérusalem pour retrouver Anne, il l'avait « serrée dans ses bras », disait la légende dorée. Les saintes ne blâmaient donc pas d'aimer quand on aimait si fort.

— Si vous saviez quel odieux supplice j'ai enduré à ne pas vous voir ! me dit Charles. Jamais je n'avais été aussi misérable ! J'ai erré durant des jours dans les calli *dont les fêtes m'insupportaient. Il me semblait que j'allais suffoquer si je rentrais m'enfermer au palais. Alors j'ai pris un* sandalo[1] *et je suis parti seul dans la lagune entre les îles. Seul avec le glissement silencieux de la barque sur l'eau, les reflets verts et gris et les halos dorés perçant la brume. Toute cette beauté me faisait souffrir et m'enveloppait de mélancolie mais je pouvais penser à vous tout à loisir.*

Muette, j'écoutais ces paroles douces comme du miel qui me bouleversaient de pitié pour son errance mais m'emplissaient pourtant de joie.

Charles devait être un poète à ses heures. Les jolis mots lui venaient si aisément.

Et dire que j'avais résisté à l'idée de le revoir. Ensuite, je m'étais juré de l'aimer en secret. Maintenant, je pensais que sainte Anne me donnait la main pour accepter cet amour. Une force invisible me guidait et l'évocation même d'un danger m'aurait fait sourire. Étais-je encore

1. Barque à fond plat sans quille utilisée par les Vénitiens.

une petite fille naïve, inconsciente des écueils que l'on n'invoquait qu'à demi-mot entre les murs protecteurs de la Pietà ? Peut-être.

Confiante, pourtant, je tendis les mains vers lui pour rencontrer les siennes. Il passa alors son bras autour de ma taille et m'emmena le long du canal vaporeux. Je me serrai contre lui, ralentissant l'allure. Je le questionnais, je voulais tout savoir : sa vie, son pays, sa jeunesse… Quel enfant avait-il été ? Chemin faisant, je le regardais à la dérobée. Il était blond, non pas de ce blond cuivré si typiquement vénitien, mais d'un blond pâle comme les gens venus du Nord. Nous avions emprunté une calle *si étroite que la lumière n'y pénétrait pas. Je m'abandonnais à son bras dans la pénombre et, avant que je ne m'en rende compte, nos corps s'embrasaient, précipités l'un contre l'autre. Dans un baiser infini, nous avons assouvi le désir refoulé depuis tant de jours et de semaines. Une émotion trop longtemps entravée se libérait en nous consumant. Et ce ne fut que lorsque nos lèvres se séparèrent que le vertige se dissipa, laissant place à un étonnement devant l'invraisemblable tour du destin. Reprenant nos esprits et notre marche, nous retrouvâmes la lumière en direction du Caffè Florian pour nous attabler, comme la première fois, devant un chocolat fumant et réconfortant. Peu à peu, la chaleur du lieu se diffusa dans nos veines. Nous parlions de nous avec animation, nous nous racontions tout ce qui composait notre vie, heureux d'être ensemble.*

Le temps filait à m'en donner le vertige. Pourquoi les minutes qui s'égrenaient si paisiblement à l'abri des hauts murs de la Pietà s'ingéniaient-elles ici à passer aussi vite ?

Les aiguilles me narguaient et semblaient me dire, dans leur course : terminé les paroles douces, les regards tendres, les mains câlines ! À présent, il me fallait rentrer. Je me hâtai vers la lutherie de Matteo Goffriller qui, par chance, était absent. Je n'eus ainsi pas à subir ses paroles sirupeuses.

*Lorsqu'en fin d'après-midi je rentrai à l'*ospedale, *le cœur lourd, Angelica m'attendait. Sa camaraderie affectueuse était une consolation à mon amertume.*

Son amitié exigeait que je lui raconte tout, en n'omettant aucun détail.

Elle souriait à mes paroles, battait des mains à la description de mon emballement, fermait les yeux et rougissait à l'évocation du baiser passionné.

— À mon tour à présent, dit-elle, malicieuse. Le baron Erich von Rath a demandé ma main à la direction de la Pietà ! Tu te rends compte ! Je vais me marier avec un baron !

Elle faisait virevolter sa jupe en esquissant un pas de danse alors que je recevais cette nouvelle comme un coup de couteau au cœur. J'allais donc perdre mon amie, ma confidente…

— Bien sûr, continuait-elle, il n'est ni aussi jeune, ni aussi beau que ton Charles, mais sortir d'ici pour la vraie vie vénitienne est inespéré ! Je vais connaître les fêtes, les bals, les réceptions, un tourbillon de réjouissances sans fin !

— Et moi ? Que deviendrai-je sans toi ? murmurai-je, déconfite.

— Allons, ne sois pas triste ! répondit mon amie en mettant ses bras autour de mon cou. Il y a quelques instants, tu étais encore pleine d'allégresse… Toi aussi, tu as un amoureux, un comte beau, jeune et riche. Que demander de plus ?

— Bien sûr… soupirai-je. Mais moi, je resterai enfermée ici… On n'épouse pas une infortunée de la Pietà…

— Pourquoi pas ? Tu l'as ensorcelé avec ton violoncelle. Tu lui as jeté un sort et un sort ne peut se délier.

— Même si tu disais vrai, je ne le pourrais avant d'avoir remboursé ma dette à la Pietà, avant mes quarante ans, et je serai alors vieille et laide ! Il m'aura oubliée depuis bien longtemps.

— Alors il t'enlèvera et t'emmènera dans son pays ! déclara Angelica d'un ton assuré.

— Quand aura lieu ton mariage ?

— À la fin du mois.

— Ah ! si vite…

— Mon père a donné son accord et prépare la dot. Une fois mariée, je ne pourrai plus participer à la vie de la Pietà, ni à ses concerts. La musique et le chant me manqueront énormément…

— Même plus un concert exceptionnel ? Même à Pâques ou à Noël ?

*— Non, je n'en aurai plus le droit, puisque j'aurai… puisque je ne serai plus… Les directeurs de la Pietà sont très stricts sur la moralité. Les filles qui demeurent à l'os*pedale *se doivent d'être vierges. Une fois l'acte consommé,*

elles ne sont jamais autorisées à revenir, peu importe la raison, fût-ce le temps d'un concert.

— Quel dommage… Plus de rires étouffés durant les répétitions avec l'abbé Vivaldi. Plus d'émotions partagées derrière les grilles…

— Mais je viendrai te rendre visite de temps à autre. Je ne t'oublierai pas.

— Nous avons été si proches durant toutes ces années.

— Amies pour la vie !

Nous nous embrassâmes en pleurant. Les larmes avaient pâli mon bonheur fragile. L'avenir ne me semblait plus aussi rose mais teinté d'un lilas grisé incertain. La brume s'était étendue jusque sur ma chambre, glaçant mon cœur et me laissant frissonnante dans les bras d'Angelica qui m'échappait déjà.

★

Les mercredis qui suivirent furent des éclairs fulgurants qui déchirèrent la monotonie des interminables semaines de février. Dès que je pouvais échapper à ma prison, je volais aussitôt dans les bras de mon amoureux, et ce n'était qu'un manège de baisers entrecoupés de mots d'amour, de rires et de plaisirs. Quelle joie que cette enivrante frénésie ! Même dans mes rêves les plus fous je n'avais imaginé une telle ivresse des sens. La soudaine révélation de notre passion avait brisé toutes les entraves de la retenue. Nous étions comme tous ces couples avides d'intrigues amoureuses et nous organisions des rendez-vous secrets, sous l'incognito des masques. Le jeu et la liberté en folie menaient la danse du carnaval. Nos promenades du mercredi devenaient déjà pour nous un rituel indispensable. Invariablement, nous terminions la balade au Florian devant notre habituel chocolat. Cette saveur m'était désormais familière et à jamais associée à ces moments heureux avec Charles.

Le premier mercredi de mars serait le mercredi des Cendres. Pour la célébration de la messe, l'abbé Vivaldi faisait répéter le Misèrere *à la Pietà. Il ne serait pas question de sortir en ce jour de pénitence qui marquait le début du carême.*

J'avais prévenu Charles que notre rencontre serait probablement déplacée au mardi. Pourtant la priora *se montrait réticente à avancer les achats chez Matteo Goffriller car Mardi gras était pour elle synonyme de tous les débordements, dangers et tentations. Je voyais avec désespoir mon évasion hebdomadaire compromise. Par chance, le lundi, deux violonistes cassèrent des cordes et il n'y en avait plus dans la réserve. Le luthier avait pris du retard pour ses fournitures et n'avait pu honorer la commande que je lui avais apportée la semaine précédente. Je réussis* in extremis *à convaincre la directrice de me laisser sortir, en lui promettant de ne pas m'attarder plus qu'il ne le fallait et d'éviter la foule de Saint-Marc. Elle accepta à contrecœur et je pus m'enfuir vers celui qui m'attendait à l'ombre d'un porche.*

Nous décidâmes de nous rendre sans traîner au Rialto et, après que je me fusse acquittée au plus vite de ma tâche à la lutherie, Charles insista pour que le reste de l'après-midi fût consacré aux festivités du Mardi gras. Bien qu'apeurée par les rumeurs de folies païennes, j'étais infiniment tentée de voir ces divertissements. J'avais emporté mon précieux masque, caché secrètement sous ma cape, et m'en couvris le visage pour passer incognito parmi la nuée de travestis qui arpentaient les rues. Je n'avais pas assez de mes deux yeux pour tout regarder. Je posais mille questions à Charles. Tout m'étonnait ! Tous ces noceurs me laissaient bouche bée.

Parmi la foule, je croisai un personnage étrange. Comme je me retournais sur lui, mon guide m'expliqua qu'il avait une fonction bien particulière pendant la période du carnaval. Intriguée, je détaillai cet homme, coiffé d'un grand chapeau. Il portait un tabarro *– une grande cape noire – et un seau dans chaque main.*

— Pourquoi les seaux ? demandai-je.

— Il parcourt les calli *et les* campi, *ainsi équipé de sa cape et de ses seaux, pour servir les dames indisposées par un urgent besoin corporel. La dame se tient au-dessus du seau et la grande cape permet de préserver sa dignité pendant qu'elle se soulage. Elle se voit ensuite présenter la* pessetta, *un torchon pour la toilette. On l'appelle ainsi car c'est à ce moment que le Smerdariol réclame son dû : trois sous sans le torchon, cinq avec, et dix sous pour un torchon propre. Peut-être souhaitez-vous l'essayer ?*

— Non, sans façon…

J'aurais préféré mourir du mal de ventre plutôt que de m'exécuter ! Amusé, mon compagnon poursuivait :

— Le produit de la récolte est ensuite vendu aux tisserands qui s'en servent lors de la coloration des tissus pour fixer la teinte par l'azote de l'urée.

J'allais de surprise en surprise. Mon cavalier commentait tout ce que je regardais d'un air ébahi, répondant à mes interrogations avec empressement.

Les cabarets s'ouvraient sur les calli. *Des soupers étaient prêts à être dégustés dans les auberges. De jour comme de nuit, de la nourriture s'étalait, alléchant les passants. Les horaires étaient aussi chamboulés que la population. C'était également la fête de la mode et de l'élégance. Sur le Grand Canal, on voyait de belles dames s'engouffrer dans les somptueuses demeures. Leurs costumes brillaient sous les bougies allumées des grands lustres qui faisaient étinceler leurs joyaux. J'étais émerveillée !*

Les palais de Venise reflétaient toute la splendeur d'une cité pourtant lacustre. Quel incroyable pari ! Je me demandais qui avait eu l'idée de construire une ville aussi somptueuse sur de l'eau.

La plupart des palais vénitiens sont bâtis en briques car c'est un matériau léger pour les fondations constituées de troncs d'arbres, enfoncés verticalement dans le sol de la lagune. Mais ils sont habillés de façades de marbre, plaquées sur leurs simples murs. Ces demeures sont éthérées ou pansues, clinquantes ou sobres, romanesques… et on en trouve de tous styles : byzantin, roman, gothique, renaissance ou encore baroque…

Jamais, dans ma vie de recluse, je n'avais eu le loisir de flâner et de les observer de la sorte. J'en étais éblouie.

Aux bouffonneries, facéties et pantalonnades qui aidaient à conjurer les tracas et les mesquineries quotidiens s'ajoutaient les divertissements, les pièges du libertinage et de la passion du jeu !

— Quand les réjouissances de la place se terminent, celles du Ridotto[1] *peuvent commencer, m'expliqua Charles. Il ouvre ses portes dès que le crépuscule vient, et il vient tôt en février ! Chaque soir, il est accessible à tous et toutes, à une seule condition : porter le masque. C'est ce que nous faisons, n'est-ce pas ?*

Il souhaitait me montrer comment on vit au carnaval. Dévorée de curiosité pour ces mystères, j'acceptai son invitation et nous entrâmes dans l'antre équivoque de l'égarement.

On y jouait à toutes sortes de jeux : la bassette, le piquet, le pharaon. Je voyais sur les tables de colossales sommes d'argent changer de mains dans un silence religieux. Le hasard et la spéculation régnaient partout, et les masques cachaient le désespoir des malchanceux.

Des femmes venant de tous les horizons de la société se trouvaient là, prêtes à bavarder, jouer, badiner... et les pourvoyeurs en galanteries étaient prompts à subvenir à l'appétit des riches étrangers. Gare, cependant, au masque voisin, susceptible d'abriter un espion ou un époux jaloux dont les sbires pouvaient pourfendre l'intrépide dans les ruelles sombres ! J'étais gênée, inquiète de me trouver dans cet endroit sulfureux. Période extravagante où la mascarade

---

1. Ancêtre du casino. *Ridotto* signifie « réduit ».

tragi-comique chahutait les principes de bienséance, le carnaval signait le triomphe du monde à l'envers, du désordre, du charivari et des débauches.

Je suppliai Charles de m'emmener loin de ce lieu qui me faisait peur. Toute cette dépravation, aux antipodes de l'éducation morale rigoureuse que j'avais reçue, me mettait mal à l'aise.

Lorsque nous fûmes à l'air libre, je respirai à pleins poumons et le vent piquant m'aida à reprendre mes esprits. C'est alors que je m'aperçus avec effroi que la nuit était tombée sur la Sérénissime et qu'il devait être bien tard.

— Mon Dieu ! Quelle catastrophe ! Que va dire la priora ? m'alarmai-je.

Déjà je pressais le pas vers l'ospedale, poussée par un sentiment de panique.

— Attendez-moi, je vous accompagne ! Je ne peux vous laisser rentrer seule en cette soirée de folies carnavalesques.

Je lui pris le bras pour sentir sa chaleur réconfortante, mais mon cœur affolé frappait de grands coups dans ma poitrine, en cadence avec nos pas martelés sur le pavé. La réalité reprenait ses droits et quelque chose d'insouciant s'était brisé en moi. Je me retrouvai bientôt devant la porte de la Pietà. J'essayai en vain de la pousser : elle était fermée à clé, comme chaque soir dès que la nuit tombait. J'avais espéré arriver à temps. Paralysée devant le lourd battant, je n'osais tambouriner de mes poings sur les panneaux de chêne, et restais là, démunie, pleurant en silence.

Charles me prit par la taille d'autorité et m'emmena en disant :

— Venez. Il ne faut pas rester là.

Anéantie, je ne lui demandai pas où il me menait, je m'abandonnai à son bras comme un automate et nous avançâmes sur les berges. Enfin il s'arrêta devant un palais donnant sur le canal, comme la plupart des demeures patriciennes.

— Entrez, vous êtes chez moi. C'est ici que nous sommes logés, l'abbé de Harlez et moi, durant notre séjour vénitien.

Je pénétrai à sa suite dans le jardin protégé par de hauts murs. La fontaine brisait le silence de son murmure, au milieu d'une végétation dense et odorante, même en ce froid d'hiver. Un escalier monumental d'un gothique flamboyant conduisait à la galerie du palais. Le peintre Véronèse avait exécuté trois médaillons pour la pièce principale qui était une bibliothèque et une salle de lecture. Partout où mon regard se posait, je ne voyais que meubles en bois précieux, lustres de Murano, statues de marbre de Carrare, tapisseries raffinées et miroirs biseautés. J'en arrivais presque à oublier mon désarroi tant j'étais impressionnée.

Charles me conduisit dans son appartement luxueusement meublé et me prit les mains au milieu d'une chambre spacieuse dont le faste m'embarrassait.

— Cet appartement m'est prêté par l'ambassadeur du prince-évêque de Liège, dit-il comme s'il devinait mon malaise. Je suis son hôte durant ma villégiature. Simon

de Harlez dispose du deuxième étage. Vous devez avoir froid. Je vais allumer un feu.

Il s'affaira autour de l'âtre.

Peu à peu, la chaleur qui commençait à emplir la pièce se répandit également dans mon corps et je me détendis. Je m'étais enfoncée dans un fauteuil accueillant, et Charles s'assit à mes pieds, posant sa tête sur mes genoux. Mes craintes se dissipaient avec la fumée des bûches qui se consumaient. Nous étions ensemble dans cette vaste salle presque comme des époux. Était-ce cela le mariage ?

— Alors, à présent que je suis ici, cette nuit, avec vous… c'est fait ? demandai-je, ne doutant plus du dénouement.

C'était si simple ! Nous nous aimions, nous allions donc nous marier. Pourquoi nous en aurait-on empêchés ?

— De quoi parlez-vous ? demanda Charles.

— Vous allez m'épouser ?

Une ombre passa dans son regard et je m'en alarmai.

— Vous ai-je contrarié ?

Mais il reprit très vite une expression de tendresse et me serra dans ses bras, en me baisant les mains.

— Je le souhaite autant que vous et je ferai tout pour que cela soit malgré les obstacles, murmura-t-il.

Alors, soulagée, je m'abandonnai à ses bras protecteurs et un bien-être m'envahit, chassant l'angoisse qui m'étreignait depuis des heures et qui me semblait absurde à présent. Il n'y avait plus de honte ni de conscience, plus de naissance infamante ni d'hérédité misérable ou avilissante. Il ne restait que l'offrande de ma virginité sacrifiée.

★

*C'est le lendemain matin que ma pénitence a commencé. Je me suis levée de bonne heure pour rentrer à l'*ospedale. *Je n'avais guère dormi dans ce décor somptueux où je ne me sentais pas à ma place. L'euphorie de la nuit s'était anéantie dans l'épaisse grisaille de l'aurore qui collait aux fenêtres. J'avais un nœud très serré à l'estomac provoqué par l'appréhension de réintégrer la Pietà dans les remords de ma faute : à l'inquiétude des représailles s'ajoutaient les regrets de mon insouciance et de ma joie enfuies. Dans le silence de l'aube, rien ne semblait subsister des rêves de la veille. Je sentais avec effroi, au plus profond de ma chair, le réveil du mal de ma naissance. Comme une évidence, mon hérédité avait terrassé une éducation religieuse exemplaire de vingt ans. L'aura écœurante de celle qui m'avait donné ses gènes baignait mon réveil. Tu as gagné, ma mère ! Tu m'as transmis ton héritage avilissant. Comme toi, je ne suis qu'une misérable fille du caniveau. Quelle prétentieuse j'ai été ! Comme si je pouvais échapper à mon piètre destin…*

J'étais si pâle et cernée que Charles m'observait d'un air soucieux. Pourquoi l'ai-je arrachée à sa quiétude pour l'emmener ici ? semblait-il dire. Il était trop tard pour revenir en arrière. Je restais figée, les bras ballants au milieu de la vaste pièce.

— Ne bougez pas d'ici, je vais aller chercher l'abbé Simon de Harlez à l'étage, dit-il en me prenant les mains. Simon est mon ami et il acceptera de vous aider. Il vous

conduira chez don Vivaldi, il lui parlera, et vous rentrerez ensemble pour la messe.

Je tremblais comme un pinson tout juste échappé des griffes d'un chat.

— N'ayez crainte, tout va s'arranger, laissez-moi dix minutes pour exposer le problème à Simon.

J'acquiesçai et m'assis au bord d'une chaise, négligeant volontairement la causeuse moelleuse comme si elle était la représentation du péché que je devais expier.

Charles revint bientôt en compagnie de l'abbé qui me salua en cherchant mes yeux. Mais je détournai mon regard, feignant de m'intéresser au ciel couvert qui s'étendait derrière les carreaux. Un frisson de gêne courut le long de mon dos comme une onde à la surface du Grand Canal.

— Antonio Vivaldi doit diriger les chants de la liturgie des Cendres à sept heures, ne perdons pas de temps ! Nous y serons en même temps que lui et vous rentrerez en sa compagnie.

Je me levai pour le suivre, évitant Charles qui me saisit la main au passage et la porta à ses lèvres.

— Que la chance soit avec vous, murmura-t-il. N'oubliez pas que je vous aime…

Dehors, la brume était si épaisse que l'humidité imprégnait mes cheveux et ma cape. Les pas rapides de l'abbé résonnaient sur le pavé glissant et j'essayais tant bien que mal de marcher à son rythme pour ne pas le perdre de vue. Les calli *étaient désertes et silencieuses. Tout le tintamarre de la veille s'était achevé avec la Cavalchina, le dernier bal masqué avant le retour au calme imposé par le carême. À minuit, les cloches du campanile de San Francesco della Vigna avaient sonné la fin des festivités. Quelle étonnante transformation de la cité ! On aurait cru qu'une bourrasque avait tout emporté : les fêtes, les rires et la joie s'étaient évanouis. Plus de concerts et plus d'orchestres, plus de castrats à l'opéra. Les théâtres étaient fermés et les danseurs reposaient dans les bras de Morphée.*

Près du pont du Rialto, l'abbé de Harlez s'engagea dans la calle Bembo *et frappa au numéro 4644. On ne voyait pas grand-chose dans ce brouillard qui tardait à se dissiper. Une dame vint ouvrir le portail et nous pria d'entrer. Vivaldi vivait encore avec son père, son frère Francesco, la femme de celui-ci et leur enfant, ainsi qu'avec ses sœurs Margherita et Zanetta.*

— Attendez-moi ici, dit l'abbé, je vais parler à don Vivaldi.

Je restai dans l'entrée tandis qu'il suivait la femme, avant de disparaître derrière une porte qui se referma sur eux. Je demeurai de longues minutes dans cette semi-obscurité, avec l'angoisse qui montait en moi, à attendre que les deux ecclésiastiques finissent de régler mon sort. Je sentais mes péchés peser sur mes épaules, tandis que la peur de l'abandon et de la solitude me retournait le ventre.

*Quand ils reparurent, mon regard affolé croisa celui du maestro, doux et aimable comme à son habitude. D'ailleurs, sa relation avec nous, pauvres filles de l'*ospedale, *avait toujours été affable. Je lus dans ses yeux qu'il ferait tout pour ne pas perdre sa violoncelliste dévouée et je me mis sous son autorité bienveillante.*

Il prit congé de l'abbé de Harlez en lui serrant les mains et il me dit d'un ton courtois :

— Allons-y, nous serons à l'heure pour la cérémonie des Cendres.

Nous reprîmes notre chemin dans le dédale des petits canaux et, quand nous arrivâmes à la Pietà, nous nous y introduisîmes à la faveur du livreur qui déchargeait de son sandalo *des barriques de vin dans le grand vestibule. Je me glissai directement à l'église, derrière les grilles, attendant que mes compagnes me rejoignent pour la cérémonie religieuse. Je n'eus pas à patienter longtemps et je pris ma place parmi elles, évitant Angelica qui me scrutait d'un air interrogateur.*

Fort heureusement, je n'avais pas à jouer ce matin-là car le mercredi des Cendres est un jour de pénitence qui marque le début du carême : la musique y est inconvenante, excepté les chants a cappella, Miserere *et* Kyrie. *Je pus donc m'asseoir dans un coin sombre pour écouter la célébration et méditer sur mon inconduite. Après la proclamation de l'Évangile et l'homélie, je suivis les filles en procession jusqu'au curé qui officiait. Il traça une croix sur mon front avec de la cendre, en prononçant ce verset de la Genèse :*

— Memento, homo, quia pulvis es, et in pulverem reverteris[1].

Je repartis vers mon banc, marquée du signe du pénitent, évocation symbolique de la mort. Si les cendres sont

1. En latin : « Homme, souviens-toi que tu es poussière et que tu retourneras en poussière. »

imposées sur la tête, siège de l'intelligence et de la pensée, c'est aussi le cœur qui est visé. Les paroles que le célébrant m'avait adressées devaient me remémorer ma fragilité. Elles m'invitaient à m'interroger sur ma destinée et à remettre ma vie en conformité avec l'Évangile. C'était tout l'enjeu du carême.

— Déchirez vos cœurs et non pas vos vêtements, et revenez au Seigneur votre Dieu, car il est tendre et miséricordieux, lent à la colère et plein d'amour, renonçant au châtiment, avait-il prononcé dans la lecture de Joël, chapitre 2, verset 13.

Dans la Bible, les cendres sont la manière de confesser publiquement sa faute et d'exprimer sa volonté de changer de vie. En avais-je vraiment la détermination ? En aurais-je le courage ? J'étais ébranlée par un éventail d'émotions intenses et contradictoires. Je me sentais si perdue.

Les Livres de sagesse, eux, représentent par cette réalité poussiéreuse la fugacité de la vie et la pauvreté de l'existence. Ils invitent à se confier davantage à Dieu. Mais que pouvait le Seigneur pour mon pauvre cœur en lambeaux ? Je ne savais même plus si j'avais encore la foi…

★

Le lendemain, je retrouvai l'abbé Vivaldi dans la salle de musique. Nous devions préparer les partitions du dimanche de Pâques. Il voulait un concert éclatant, avec beaucoup de choristes. Certaines prendraient en charge les parties de ténor et de basse. De nombreux instruments étaient prévus pour les accompagner : du violon, de la flûte, de l'orgue, du hautbois, du basson, ainsi que mon violoncelle. Nous avions plusieurs semaines devant nous mais il souhaitait que je copie déjà le premier mouvement de sa composition, afin que les répétitions puissent commencer. Il était désormais toujours pressé car de plus en plus occupé à l'extérieur de la Pietà. Outre ses fonctions d'impresario au théâtre lyrique Sant'Angelo, il composait également des opéras pour celui de Sant'Antonio : plus de quatre-vingts en tout, selon ses dires, dont plusieurs pour des théâtres d'autres villes. De plus, l'ambassadeur de France lui avait demandé de diriger, dans son jardin ouvert sur la lagune, la sérénade La Senna Festeggiante *qu'il avait composée à l'occasion du couronnement du roi de France Louis XV, en 1722. Notre prêtre roux a ce défaut qu'il ne peut rien refuser. Il aime être considéré comme un musicien d'exception. Il apprécie d'être cité en référence pour l'étendue de ses connaissances, sa rapidité de composition, le nombre de rois, reines et empereurs dont il est l'intime ; neuf selon lui, mais je crois que ce chiffre est exagéré ! De même, se profile l'éventualité d'un séjour à Paris, afin de faire jouer la cantate* Gloria e Himeneo *qu'il est en train de composer pour célébrer le mariage du jeune roi français et de Marie Leszczyńska, le 5 septembre 1725. Il aurait même reçu une proposition d'engagement à la Cour mais j'espère de toutes mes forces qu'il n'acceptera pas… Que serait notre vie ici sans lui ? Je n'ose y songer… Dans notre cœur de laissées-pour-compte, il est à la fois le père, le frère et l'ami, la flammèche dans la monotonie de nos pauvres vies.*

consciente de ses dons, se doit de rester dans l'ombre. Elle ne peut tirer aucune satisfaction personnelle de sa musique et doit œuvrer pour l'institution plus que pour elle-même... Aurais-je pu refuser ce grand honneur que le maître me faisait, sous prétexte que cette création était de ma main ? Si je repoussais son offre par vanité, il était quasi certain qu'elle resterait à tout jamais muette sous la poussière du temps... Si, en revanche, j'acceptais sa proposition, elle résonnerait sous les voûtes de l'église mais m'échapperait définitivement... Cruel dilemme !

— Tu as le temps de réfléchir. Termine d'abord ton ouvrage, dit-il, comme s'il lisait sur mon visage les sentiments contradictoires qui m'assaillaient.

Il me regarda en hésitant, sembla se raviser, hésita encore avec une lueur de compassion dans les yeux, puis se décida à sortir de sa soutane un pli cacheté à la cire qu'il me tendit.

— Tiens, j'allais oublier de te le donner...

— Qu'est-ce ?

— L'abbé Simon de Harlez m'a prié de te le remettre.

— L'abbé de Harlez ? Pour moi ?

— C'est de la part du comte Charles Sétil de Fays...

À ces mots, mon cœur bondit dans ma poitrine et une grande chaleur m'envahit tout entière. Je saisis le message et, ravie, le portai à mes lèvres. Vivaldi, embarrassé, m'enveloppait de sa commisération. Je me sentis vaciller. Mes yeux fixaient le sceau de cire rouge aux armes de la noble famille liégeoise.

— L'abbé de Harlez m'a chargé de t'annoncer que le comte a dû partir séance tenante pour Liège où ses affaires le rappellent.

— Oh ! murmurai-je, incrédule. Il est parti ?

— Il a demandé à son ami de te donner cette missive, en gage de son amour sincère. Il implore ton pardon pour ce départ précipité sur ordre de son père.

— Il m'a quittée…

J'étais terrassée par ce détestable sentiment d'abandon contre lequel je n'avais cessé de lutter dès l'enfance. Il me collait à la peau depuis la naissance. Ce reniement qui me renvoyait à la solitude et au vertige du vide de ma vie.

— Mais… nous devions nous marier… Il avait dit qu'il ferait tout pour que cela fût malgré les obstacles, dis-je, aveuglée par les larmes.

Don Antonio caressa ma joue mouillée et me dit d'une voix adoucie par la pitié :

— Un comte étranger ne peut épouser une pauvre jeune fille comme toi, tu comprends ? Sa famille ne le permettrait pas. D'ailleurs, il est en ce moment même déjà loin de Venise… Je suis sûr qu'il t'a aimée. Gardes-en le souvenir caché au fond de toi, c'est un joli cadeau que tu te remémoreras, la vieillesse venue. La plupart de tes compagnes n'auront jamais la moindre idée de ce que peut être ce noble émoi. Tu t'en serviras pour composer des œuvres intenses, il te bercera dans tes moments de doute… Bientôt, avec la douceur du printemps revenu, il ne te fera plus souffrir. Tu te souviendras du parfum des roses et tu en oublieras les épines.

Sans un mot, étouffée par l'amertume, je quittai la salle afin de rejoindre le silence complice de ma chambre, où je m'enfermai pour décacheter la lettre.

Je vis des mots qui dansaient devant mes yeux embués. Je découvrais l'écriture de l'être aimé pour la première fois, alors que je l'avais déjà perdu. Des vers tracés à la plume, alignés en strophes. Une poésie qu'il avait dû écrire peu après mon départ du palais. Peut-être savait-il déjà qu'il quittait Venise alors que j'étais dans ses bras ? Je me sentais trahie, bafouée. Les mots parlaient d'amour, cherchaient à consoler, et pourtant… Plus qu'un poème, c'était une prière. Une supplique expiatoire…

Salve Regina

Sainte Marie mère de Dieu
Si seulement vous existiez
Vous pourriez exaucer mon vœu
Si j'implorais votre pitié.

Je vous dirais que je suis triste
Puisque demain je pars au loin
Que je m'enfuis en égoïste
L'abandonnant à vos bons soins.

Posez la grâce sur ses cheveux
Et soufflez-lui des choses douces
Si la pluie emperle ses yeux
Que votre attention la repousse.

Sainte Marie mère de Dieu
Dont la statue est dans l'église
Protégez-la de votre mieux
Afin que son cœur ne se brise.

Votre dévoué Charles, comte de Sétil de Fays.

★

Je me suis précipitée sur mon cahier comme on s'accroche à un radeau de sauvetage. Mes larmes tombent sur le papier en se mêlant aux mots qui se dessinent d'eux-mêmes sur la page. La douleur me coupe le souffle. Il faut que cette angoisse qui me submerge sorte d'une façon ou d'une autre, sinon je vais étouffer. J'ai la sensation de me noyer dans un océan de chagrin. Ma main ne décide plus, c'est la souffrance qui a pris les rênes de ma narration. À quoi bon revenir sur ce qu'a été ma vie, maintenant que je n'ai plus d'avenir ? Et pourtant je continue d'écrire… Je ne sais plus pour qui, ou pour quoi, mais griffonner sans réfléchir en me cramponnant à la plume semble me soulager. L'instant présent s'est imposé en tyran et je ne sais comment échapper à sa torture. Je n'ai plus d'autre choix que transcrire ma désillusion pour tenter d'apaiser cet affreux tourment.

★

Mercredi.

Je vais une fois encore, par les canaux frissonnants, chez Matteo Goffriller. Je traîne sur les dalles froides le poids de mon cœur lourd. Comment faire pour être encore heureuse à présent qu'il est brisé ?

Les sorties du mercredi, auparavant source de joie, sont devenues un calvaire, un chemin de croix parsemé de stations éprouvantes. Ici, vous me rejoigniez caché sous votre masque. Un peu plus loin, vous me preniez la main et, sous ce sottoportego[1]*, vous m'aviez embrassée. Je n'avais pas conscience alors que j'avançais vers ma perte.*

Je ne vous en veux pas. Moi seule suis responsable de ma peine. J'ai cru vivre un amour idéal avec un chevalier courtois et vous n'êtes que chevalier d'aventure. Un gentilhomme qui m'a cueillie à la légère.

Je vais comme un fantôme dans les calli *glacées par le vent du nord. Cette cité qui fut complice de mes amours m'est aujourd'hui hostile. C'est une ville cachée et honteuse, lugubre et sordide, comme ses* rii *dans lesquels on noyait jadis, avant la Pietà, les enfants bâtards. Venise n'est plus qu'une chimère, plantée sur ses pieux de bois déchaussés, enfoncés dans la vase, depuis longtemps pétrifiés. Elle est moisie. C'est le mirage du pavé limoneux d'une place Saint-Marc qui se dérobe dans la lagune à chaque équinoxe. Son enfoncement progressif semble dire que les richesses sont destinées à passer comme le bonheur.*

1. Passage couvert qui court entre deux maisons ou le long d'un bâtiment.

Une poussière grise tourbillonne sur le campo, *prise au piège des ruelles si resserrées qu'elles lui interdisent de s'échapper. Je suis comme ces grains de poussière, condamnée à tourner sans fin. Le ciel morose ne va pas tarder à se déchirer au-dessus des palais, et à répandre sa neige sale sur le sol.*

Ah, comme j'aimerais que tout cela ne fût qu'un mauvais rêve ! Je voudrais m'éveiller de ce cauchemar que vous dissiperiez de vos yeux clairs. Vos lèvres au sourire enjôleur prononceraient : « Bonjour, ma mie », avec l'ivresse d'une belle après-midi en perspective. Un rayon de soleil transpercerait alors le brouillard, nappant les canaux de mousseline candide, et votre voix chaude me dirait : « Avez-vous envie de chocolat ? »

Au lieu de cela, la tristesse me bouscule en raz de marée et pèse sur mes épaules, telle une chape de plomb qui me broie.

Que vais-je devenir ?

Je suis de nouveau une toute petite fille mal aimée. Seule, si seule, repliée sur moi-même jusqu'à l'anorexie, cette angoisse qui empêche d'avaler. Et je sens cette idée qui palpite en moi et fait insidieusement son chemin. Si je meurs, qui saura ma souffrance ? Personne ne se souviendra que je suis passée sur cette terre comme un souffle de vent léger. Mon histoire, consignée dans ces pages, est tout ce qui restera de moi. Je voulais laisser une trace pour donner un sens à ma vie mais aujourd'hui écrire ne me suffit plus. Mon existence est trop morne. Je n'ai plus d'exaltation, je n'ai plus d'élan, ma flamme est étouffée. Le gouffre vers lequel je glisse s'approche sans qu'aucune main secourable ne se tende.

Je suis si fatiguée. Dans mes pensées funestes, la mort m'apparaît libératrice, si douce et apaisante.

XV

Kevin franchit la porte de la fabrique et cligna des yeux, frappé de plein fouet par la clarté aveuglante de la rue. Il se sentait fatigué mais soulagé d'être en liberté provisoire jusqu'au lundi. On ne pouvait pas dire que son travail de magasinier soit pénible mais plutôt très lassant. Depuis qu'il avait quitté l'école, il comprenait que l'ennui des bancs de la classe n'avait rien de comparable avec celui de l'atelier. Il se prenait à regretter le temps des études, les rires des copains et leurs bêtises, l'insouciance de la cour de récréation aux côtés de Lionella, lorsqu'il savait, pour épater son amie, trouver des insectes étranges dans les débris du préau ou des fleurs sauvages poussant entre les pavés. Elle l'écoutait toujours de ce petit air sérieux qu'il aimait tant et le suivait avec intérêt dans ces leçons de choses, sans prêter attention aux moqueries de leurs camarades. Même le souvenir de certains professeurs lui laissait du vague à l'âme. Chaque année, des dizaines de jeunes motivés quittaient les établissements scolaires avec un diplôme sous le bras. Malheureusement, beaucoup d'entre eux se retrouvaient sans travail ou avec des contrats précaires qui les empêchaient d'envisager l'avenir. Il avait eu plus de chance que d'autres, si l'on peut dire, de trouver ce boulot. Mais, à présent, la grisaille avait envahi la totalité de son quotidien. Il passait ses journées derrière un comptoir, à trier des boulons. Et quand il sortait à dix-sept heures, au signal de l'horloge pointeuse, c'étaient encore les grues et la boue des camions qui l'accompagnaient sur le chemin du retour, tout au long de la rue Cockerill. Les bâtiments sortaient de terre et bétonnaient le paysage à une vitesse affolante, remplaçant peu à peu l'ancien mur d'usine, ce vieux mur gris de poussière qui avait été le seul horizon de tant de générations d'ouvriers. L'effraction d'un soleil incongru dans la rue n'avait été que de courte durée. Après quelques mois de lumière, un nouvel écran bouchait la perspective. Des édifices s'élançaient à l'assaut du ciel et les habitants résignés avaient retrouvé leur vie habituelle, à l'ombre. Kevin se demandait qui allait occuper tous ces immeubles modernes. Sûrement pas les petites gens du peuple, expropriés de leurs maisonnettes incommodes. Peut-être que les notables qui avaient jadis déserté le quartier allaient revenir, le bourgmestre ayant privilégié l'immobilier de luxe et l'implantation de centres commerciaux dans la cité, pourtant confrontée à un problème de chômage majeur. « Il faut rendre leur fierté aux Sérésiens », avait-il proclamé. Déjà, des voix s'élevaient parmi la population. On objectait que ces grands espaces commerciaux et ces bâtiments de haut standing étaient un non-sens dans une ville au pouvoir d'achat faible, où les commerces disparaissaient les uns après les autres et où des milliers de citoyens connaissaient des difficultés de logement. Si la sidérurgie avait laissé son empreinte, le déclin d'une partie de l'industrie n'avait pas épargné Seraing. Il serait bien étonné, John Cockerill, s'il revenait et voyait tout ça ! se disait Kevin. Il se souvenait de son manuel d'Histoire et du chapitre « L'empire de John Cockerill », que tout écolier liégeois avait dû étudier. On pouvait y lire que le brillant industriel avait bouleversé les techniques traditionnelles pour les remplacer par des innovations technologiques qui avaient fait de Seraing ce haut lieu de la révolution industrielle. Toute la page de droite était occupée par une lithographie en couleur. Elle représentait cet homme élégant, avec son haut col amidonné et son foulard artistiquement noué à la mode du XIXe siècle. La veste courte d'un beau bleu turquoise était ouverte sur un gilet noir de dandy. Les yeux, turquoise aussi, fascinaient le jeune garçon qui ne savait pas que c'était une mise en scène flatteuse du graveur. Cet homme distingué, « patron ambitieux, entrepreneur téméraire », disait le livre, avait bâti un empire parmi les plus puissants d'Europe. Il comprenait des mines – notamment des charbonnages –, des hauts-fourneaux, des fonderies, des ateliers de mécanique, des filatures, des fabriques de chaudières et de locomotives. Quand Kevin comparait à cette jolie image la statue de bronze érigée devant l'hôtel de ville, il les trouvait bien différentes. Debout sur sa tombe, John Cockerill soutenait de la main son menton d'un air préoccupé. On aurait dit le penseur de Rodin, le regard perdu sur l'horizon. Kevin imaginait qu'il était écrasé par le poids du destin. Il devinait peut-être quelle serait la débâcle orchestrée par le néocapitaliste indien Lakshmi Mittal, qui avait pris le contrôle total de l'entreprise en moins de trois mois, privilégiant les profits à court terme plutôt que les investissements industriels. La fin tragique de l'histoire de Seraing-la-rouge, la cité du fer, était-elle écrite dans le ciel ? Après avoir fait main basse sur les hauts-fourneaux, Lakshmi Mittal avait promis qu'il n'y aurait pas de licenciements. Mais il fallait lire ses déclarations entre les lignes ! Kevin avait été très impressionné par les piquets de grève, cette dernière année où les travailleurs essayèrent de résister au géant. Il avait suivi le cortège des manifestants en criant les slogans syndicalistes de toutes ses forces, atterré par les ravages qu'une mondialisation anarchique pouvait causer sur des familles entières. Pendant ce temps, l'arrogant financier, sans état d'âme, tentait de faire porter le chapeau aux représentants des travailleurs et essayait, par des biais vicieux, de diviser les ouvriers. Il avait laissé derrière lui une commune sinistrée.

C'est en se remémorant tous les événements bouleversants de ces dernières années que Kevin parcourut le chemin jusque chez lui. À peine rentré, il s'affala dans le canapé aux ressorts fatigués. D'un geste machinal, il attrapa la télécommande et alluma la télévision, sachant pourtant que le programme qu'il attendait ne serait retransmis qu'à vingt heures trente. Au son du rap qui se répandait dans le salon, il se dirigea vers le frigo pour en retirer une assiette de pâtes nappées d'une sauce rouge figée, censée être de la tomate. Il la poussa dans le four à micro-ondes pendant qu'il ouvrait consciencieusement sa cannette de cola. Il s'appliquait à mettre en pratique l'astuce de son frère pour éviter les éclaboussures. Il fallait tenir la boîte bien droite, puis frapper une dizaine de fois environ sur le sommet, avec l'index, juste sur le creux devant la languette qui permettait d'ouvrir. Et voilà… pas de projections, on pouvait boire en toute tranquillité.

Quand il n'était pas imbibé de bière, Jason se révélait parfois instructif. Dommage que cela arrive de moins en moins souvent. Kevin soupira en pensant à leur complicité d'enfants qui s'était depuis longtemps effilochée. Il fallait dire que depuis qu'il était obsédé par cette Kimberley et ses minijupes ras les fesses, il buvait de plus en plus, disjonctait volontiers et se montrait alors agressif envers son entourage, passant sa frustration sur ceux qui avaient la mauvaise idée d'être là. Cette blondasse décolorée le rendait fou avec ses « je te prends, je te laisse ».

Évidemment, Kevin, qui partageait sa chambre, essuyait son humeur massacrante plus souvent qu'à son tour. On ne savait trop où il avait ramassé cette fille. Durant tout un été, on ne l'avait presque plus vu. Il traînait dehors avec elle, et Kevin avait la paix. Il pouvait tranquillement s'occuper de sa collection d'insectes et de fossiles et même passer du temps sur l'ordinateur qui trônait sur le bureau. La seule condition pour ne pas déclencher la fureur de son aîné était d'effacer soigneusement l'historique de ses recherches sur Internet ; ni vu ni connu, j' t'embrouille ! Malheureusement, l'hiver et le froid avaient précipité le couple dans la chaleur de la maison. Un soir, Jason avait fait irruption dans le salon et elle le suivait, pas du tout intimidée. Il avait déclaré solennellement à sa mère médusée qui espérait encore le caser avec une fille bien :

— M'man, j' te présente ma meuf, Kimberley !

Nathalie avait vite déchanté en jaugeant la bimbo, maquillée à la truelle, qui s'était dirigée vers le canapé où Kevin campait.

— Pousse-toi, moucheron ! lui avait lancé l'effrontée, d'un air dédaigneux.

Éberlué, Kevin avait reculé tout au bout pour leur faire place. Il reluquait, mine de rien, la jeune femme à la féminité provocante, tandis qu'elle lui arrachait la télécommande des mains. Les deux tourtereaux s'étaient roulé des patins toute la soirée. D'autres fois, ils se disputaient et on ne comprenait plus rien aux programmes télé. La mère soupirait, excédée, sans oser intervenir. Ce petit manège s'était reproduit chaque soir des deux semaines qui suivirent. Jusqu'au jour où Nathalie s'était décidée, chose assez rare pour s'en souvenir, à préparer un vrai repas familial. La paire avait débarqué et Kimberley, attirée à la cuisine par le fumet, avait soulevé le couvercle de la casserole en s'écriant :

— Qu'est-ce qu'on mange ?

Elle avait ensuite trempé un doigt insolent dans l'onctueuse sauce à la bière des carbonades qui mijotaient, et l'avait longuement léché d'un air équivoque.

— J'espère au moins qu'il y aura des frites, chère belle-mère !

C'en était trop ! La « belle-mère » avait craqué !

— Ce n'est pas une auberge, ici ! hurla-t-elle. Et d'abord, je n'ai pas les moyens de nourrir une bouche de plus ! Je travaille comme un forçat toute la journée ! Je n'en peux plus ! Déjà qu'il faut entretenir ce bon à rien, fulmina-t-elle à l'intention de Jason qui sentait le vent tourner.

— Ça ne te suffit pas, de vivre à mes crochets ?

— C'est pas d' ma faute si j' trouve pas d' boulot !

— Il faut que tu viennes ici avec une feignasse qui fouille dans mes marmites ?

— Tes marmites… Pour une fois que tu t'en sers !

— Sortez, tous les deux ! Allez faire vos cochonneries ailleurs ! J' suis encore chez moi ici !

Et elle les avait poussés dehors.

Kevin, ravi, n'avait pas passé une aussi bonne soirée depuis longtemps, partageant le repas et le canapé avec sa maman, qui l'avait câliné comme un bébé. Depuis cette crise, Jason, craignant de se retrouver à la rue, n'avait plus ramené sa bergère mais il faisait payer sa déconfiture à son cadet, en le prenant comme souffre-douleur.

Le jeune garçon ruminait ces pensées noires en retirant l'assiette de pâtes du micro-ondes. Il reprit sa place sur le sofa, le repas sur les genoux et l'œil rivé à l'écran qui déversait ses inepties. La sauce bolognaise avait un goût chimique. Elle venait sans doute directement du bocal, sans être passée par la case poêlon. Il ne pouvait s'empêcher de la comparer avec celle, appétissante et parfumée, qu'il mangeait chez Lionella. Il soupira. Sa mère n'avait jamais le temps de cuisiner. Les jours de congé, elle était si lasse qu'elle traînait en peignoir toute la journée. Après avoir fait la boniche chez les autres, elle n'avait plus le goût de s'occuper de son foyer. Jason ne lui était d'aucune aide. Il se complaisait dans son chômage et, de toute façon, il ne restait jamais plus de six mois chez un employeur, ne souffrant pas qu'un

« plus con que lui » lui donnât des ordres. Il revendiquait haut et fort son droit à la paresse.

Depuis que Kevin avait commencé à travailler, il adoucissait quelque peu les fins de mois difficiles et allégeait les soucis de sa mère, qui n'avait rien fait pour le dissuader de quitter l'école. Il se rendait compte à présent qu'il avait eu tort de céder à ce qu'il croyait être la facilité car, désormais, son destin semblait filer sur une ligne morne à l'infini. Son repas vite avalé, il sombra dans un sommeil ponctué par les « yo, yo » des rappeurs.

Lorsqu'il sortit de son assoupissement, le journal télévisé était terminé et les publicités se succédaient. Si elles étaient crispantes à cause du son amplifié du fait d'un réglage appelé « intensité sonore cible » par les annonceurs qui obligeait sans cesse le téléspectateur à régler le volume, elles avaient au moins le mérite de réveiller les victimes des programmes soporifiques. Kevin bâilla en se redressant, prêt pour la conférence de presse du concours Arpèges.

Hélas, à l'instant même où l'émission commençait, il entendit, contrarié, la clé tourner dans la serrure. Trop tôt pour sa mère : ça ne pouvait être que Jason. Bon Dieu ! Quelle malchance ! Pourvu qu'il n'exige pas de voir ses idioties de téléréalité !

À l'écran, le président du jury et les trois vainqueurs étaient alignés derrière une forêt de micros. Lionella se trouvait au bout de la table, intimidée. De temps à autre, elle jetait un regard de côté, probablement à M. Sohet, qui se trouvait hors champ.

Jason s'était arrêté au milieu du salon, incrédule, et regardait lui aussi.

— Eh ! C'est ta meuf !

— Mon amie, oui, rectifia Kevin, agacé.

— Bon, fais pas ta chochotte ! T'en pinces pour elle, pas vrai ? T'as pas tort, elle est mignonne !

— Chut !

Après la présentation et les félicitations d'usage, les journalistes n'en avaient que pour Lionella et la bombardaient de questions sur la fameuse partition retrouvée. Depuis le résultat du concours et la fuite de la lauréate, qui avait parachevé le coup de théâtre, la rumeur avait enflé et les commentaires allaient bon train. Tous les représentants de la presse voulaient à présent assouvir leur curiosité. Lionella toucha la médaille coupée du bout des doigts pour se donner du courage et récita, du mieux qu'elle le pouvait, sa leçon bien apprise.

— C'est, je crois, une partition inédite de Vivaldi mais on ne peut pas en être absolument sûr. Elle est en cours d'expertise au très officiel Institut Vivaldi de Venise. Marco Banna, qui en est le directeur, m'a invitée à venir au congrès international. Toute nouvelle découverte concernant ce grand musicien est d'une importance capitale !

Elle s'arrêta pour boire une gorgée d'eau et faire le point, mentalement, sur ce qu'elle devait dire.

Les chroniqueurs restèrent suspendus à son geste, attendant qu'elle reprenne le cours de son exposé.

— Les *ospedali* vénitiens, instituts pour jeunes filles abandonnées, qu'elles soient orphelines ou de naissance illégitime, étaient de véritables écoles de musique de haut niveau. Antonio Vivaldi fut l'un des professeurs les plus célèbres d'un de ces établissements. Mais que nous reste-t-il de cette littérature musicale ? Peu de chose…

— Comment peut-on encore découvrir aujourd'hui des partitions ignorées ? demanda un jeune journaliste.

Lionella toussota pour s'éclaircir la voix et entreprit d'expliquer le mystère planant autour du prêtre roux.

— On vient d'identifier en Écosse la partition inédite d'un concerto pour flûte de Vivaldi. Autre exemple : quatre cent cinquante partitions conservées à la bibliothèque de Turin étaient tombées dans l'oubli ; elles vont être rejouées et enregistrées. Un projet colossal qui va durer quinze ans. De la centaine d'opéras qu'il disait avoir composés, à peine la moitié ont été identifiés. Il a été si prolifique que ce genre de découverte arrive régulièrement depuis que l'on s'intéresse de près à lui.

Au fur et à mesure qu'elle parlait, elle sentait qu'elle gagnait en assurance. Sa voix prenait des accents chaleureux. Elle avait envie de communiquer sa passion.

— Le talent de Vivaldi était tel qu'un poste très enviable lui a été offert pour ses vingt-cinq ans, celui de maître de violon à l'hospice de la Pietà. Un attachement fort s'était noué entre le musicien et l'institution. Il y trouvait un chœur de jeunes filles et un orchestre de grande qualité. Pourtant, après quarante ans de service, il a quitté Venise dans des conditions troubles. Il a vendu toutes ses affaires et est parti pour Vienne, peut-être avec la promesse d'un engagement à la cour de l'empereur Charles VI, qui était un ami de jeunesse. Malheureusement, celui-ci mourut peu après l'arrivée du musicien, victime d'un empoisonnement alimentaire. Privé de sa protection et de la perspective d'un emploi doré, le compositeur décéda l'année suivante. Il fut enterré sans célébration au cimetière de l'hôpital. L'annonce de son décès, deux mois plus tard, n'a pas semblé provoquer de regrets à Venise, où la seule réaction fut de poser des scellés sur sa dernière maison pour satisfaire les créanciers. L'enfant du peuple vénitien, devenu l'inventeur de la symphonie classique, était déjà oublié. La musique à la mode se faisait désormais à Naples. L'emplacement de sa tombe a été perdu et, aujourd'hui, ses restes reposent probablement sous un centre commercial ou un immeuble de bureaux.

— Vous en savez des choses pour votre jeune âge, mademoiselle.

— C'est normal, ça fait partie de la préparation. S'imprégner du compositeur, de son temps et des conditions dans lesquelles ont été écrites les œuvres que l'on joue est indispensable pour tout musicien sérieux.

— Comment se fait-il qu'il soit si réputé aujourd'hui ? Comment est-il sorti de l'oubli ? demanda une rédactrice.

— Cette méconnaissance profonde a duré un siècle et demi. Pensez donc qu'on n'a appris avec certitude sa date de naissance qu'en 1963, grâce à la découverte de son acte de baptême ! Son renouveau est tout d'abord passé par celui de l'immense œuvre de son contemporain et admirateur, Jean-Sébastien Bach, qui a retranscrit pour clavier de nombreuses partitions du compositeur vénitien. Mais alors que Bach acquiert peu à peu une notoriété européenne post-mortem, il faudra attendre encore plus d'un siècle pour que Vivaldi soit révélé. En 1927, la Bibliothèque nationale de Turin fit l'acquisition d'une grande collection de manuscrits, malheureusement oubliée parce que le directeur était juif et qu'il fut interdit d'activité par les lois raciales de l'Italie fasciste. C'est seulement après la Seconde Guerre qu'elle a pu enfin être exploitée et que le grand public a entendu, après deux cents ans, la musique du prêtre roux. L'édition complète de son œuvre a eu lieu et les concerts se sont ensuite multipliés, dans le grand mouvement de reconnaissance de la musique baroque. Ce n'est que dans les années 1970 que ses opéras ont commencé à être rejoués et pourtant, aujourd'hui, son immense talent est reconnu universellement.

— Ne dit-on pas qu'il a composé cinq cents fois le même concerto ? demanda un journaliste, avec une mauvaise foi évidente. Ou encore que *Les Quatre Saisons* sont de la musique d'ascenseur ?

Lionella soupira. Encore un crétin comme Mlle Mouchon, pensa-t-elle, même si dans le cas de celle-ci il s'agissait plutôt de bigoterie… Bon, reste calme et remets-le à sa place.

— Ceux qui prétendent ça sont un peu bornés. Désolée, mais en tant que journaliste, vous devriez connaître votre sujet ! rétorqua-t-elle en le fusillant du regard.

Il y eut un murmure dans la salle.

— Pourquoi avez-vous choisi de jouer cette partition ? Parce qu'elle vous plaisait vraiment ou pour faire parler de vous et lancer votre carrière ? demanda un critique avec un brin de provocation. Après tout, regardez, vous êtes ici en compagnie du premier et du troisième lauréat – excusez-moi, dit-il en s'adressant à eux –, et il n'y en a que pour vous ! Avouez que c'est un coup de pub de maître !

— Tout d'abord, je suis très admirative de la performance de mes deux collègues et je tiens à les féliciter. Ensuite, je n'ai pas cherché à lancer mon éventuelle carrière, il n'y avait ni plan ni calcul, juste un grand coup de cœur ! Je cherchais une œuvre originale, qui me plaise, et j'ai eu la chance incroyable, grâce à mon ami Kevin qui l'a trouvée, de pouvoir jouer cette sonate inconnue.

— Quoi ?! hurla Jason au milieu du salon. C'est toi qui as trouvé ça ?

— Chut ! ordonna Kevin, exaspéré, tandis que Lionella poursuivait.

— Faire revivre cette musique vénitienne, oubliée depuis plus de deux siècles, est un défi que j'ai voulu relever. La partition que j'ai interprétée, et c'est le cas pour la majorité des œuvres sacrées de Vivaldi, a été conçue pour le Pio ospedale della Pietà. C'est un morceau pour violoncelle qui devait être joué par une jeune fille nommée Ada, comme il est inscrit en haut de la feuille, ainsi que Vivaldi avait l'habitude de le faire.

— Expliquez-nous à présent comment et où cette partition a été découverte.

— C'est une histoire incroyable, comme il n'en arrive qu'au cinéma…

Elle hésita un instant en se tournant vers la droite, puis reprit son récit.

— Mon cher professeur, M. Sohet, m'avait inscrite pour le concours mais je n'avais pas la pêche, je ne me décidais pas à travailler ni à choisir une œuvre. Toutes me semblaient tant et tant rebattues… Peut-être avais-je peur de me confronter à tous les immenses talents qui m'ont précédée, dit-elle du ton artificiel qui sied à cette formule convenue. J'étais découragée mais c'était également une période où je voulais m'affirmer, me montrer originale… C'est mon ami d'enfance, de Seraing comme moi, qui m'a apporté la solution sur un plateau d'argent, ou plutôt… dans un coffret en métal qu'il avait chiné au marché aux puces. Il contenait la fameuse partition. Je dois lui rendre hommage…

— Eh bien, dis donc, on dirait qu'elle te kiffe, souffla Jason, abasourdi.

Kevin était aux anges tandis que Lionella poursuivait.

— Sans lui, je n'aurais peut-être pas fait la compétition, je ne serais pas là aujourd'hui avec cette passion qui m'a poussée à travailler comme une folle. Kevin, qui n'est pourtant pas connaisseur de musique, a déniché ce trésor qui dormait parmi un tas de vieilleries et a su d'instinct que c'était peut-être important.

Elle regarda droit face à la caméra, comme pour s'adresser à son ami.

— T'es vraiment débile de lui avoir donné ça ! râla Jason. Si tu l'avais gardé, t'aurais pu te faire plein de fric… Si c'est rare comme elle le prétend…

— Ah ! Parce que tu aurais été capable de l'exploiter, toi ? Inculte comme tu es ! coupa Kevin, excédé.

Un journaliste insista :

— Vous êtes en train de nous dire que ce trésor dormait dans une brocante de quartier ? Comment est-il arrivé là ? Qui l'a fait voyager de Venise à Seraing ? C'est invraisemblable !

— L'avenir vous le dira, l'avenir et les experts de l'Institut Vivaldi de Venise. Moi, j'ai réussi à la sortir de l'ombre et des toiles d'araignées, la suite n'est plus de ma compétence.

— Quand j' pense à tout ce pognon qui me file sous le nez, grogna Jason en saisissant la télécommande des mains de son frère. Pauvre idiot !

Et il zappa sur sa chaîne préférée de téléréalité, laissant Kevin dépité face aux blondasses siliconées qui avaient remplacé Lionella.

Pendant ce temps, à Bruxelles, la conférence de presse s'achevait sur des questions conventionnelles posées aux deux autres lauréats, par politesse plus que par intérêt, semblait-il. Lionella avait un peu honte d'avoir tiré toute la couverture à elle. Elle sortit de la pièce, en compagnie de son professeur, sous le déchaînement des flashs.

— Bravo ! Tu as été formidable ! lui glissa M. Sohet. Je n'aurais pas dit mieux.

— Oui, mais j'ai menti et ça ne me plaît pas.

— Menti ?

— Oui, quand j'ai dit au journaliste qu'il n'y avait ni plan ni calcul…

— Bof... Une petite cachotterie qui est aujourd'hui pardonnée.

— Et puis je doute maintenant que Vivaldi soit l'auteur de cette sonate...

— Encore cette histoire de tache d'encre au bas de la page ! s'exclama-t-il.

— Pas seulement. Ada dit clairement avoir composé une sonate. Il est fort probable qu'il s'agisse de celle-ci. Il faut que je finisse la lecture de son journal, ça m'obsède. C'est comme si je trahissais une amie !

— Ne dis pas n'importe quoi !

— Vous m'avez dit que le monde entier allait en parler, que ma carrière serait lancée, que je serais invitée partout... Ce n'est pas du calcul, ça ?

— Allons, jeune fille, tu es trop romantique. Attendons le verdict de l'expertise d'authentification, d'accord ?

— D'accord, soupira-t-elle.

— À présent, il faut te reposer car nous devrons reprendre les répétitions pour le concert des lauréats, dimanche, au Palais royal. Il faudra que tu joues aussi bien qu'au concours.

Lionella se sentait déjà prise au piège de sa toute nouvelle notoriété. Elle était entraînée dans un tourbillon vertigineux où sa liberté semblait s'effacer derrière les obligations à remplir. Mais n'était-ce pas le destin qu'elle avait choisi ? Et le destin d'Ada, qu'avait-il été ? Elle avait hâte de retrouver la quiétude de sa chambre pour enfin replonger dans la lecture du cahier et découvrir la fin du récit. Cette histoire vieille de presque trois cents ans lui chavirait le cœur. C'était comme si une amie intime se perdait dans le chagrin, et qu'elle ne pouvait rien pour elle.

XVI

*Angelica a quitté la Pietà pour épouser le baron Erich von Rath. Son père illégitime, qui a donné son accord, l'a dotée et a remboursé sa dette à l'*ospedale. *Bien que son mari fût d'un âge certain, Angelica était ravie de s'évader dans le monde extérieur. Elle entendait bien rattraper le temps perdu, profiter des réjouissances de la vie et se soûler des réceptions et des bals dont elle avait été privée.*

Au moment du départ, non sans un pincement au cœur, je lui ai offert le joli masque qui lui plaisait tant, présent de Charles. Il était évident qu'il ne me servirait plus. Ce sera mon cadeau de mariage. Je ne possédais rien d'autre à lui donner et il lui sera bien plus utile qu'à moi lors de toutes ces fêtes dont elle veut être la reine.

*J'ai perdu ma meilleure amie et confidente au moment où j'en avais le plus besoin. Il est probable que je ne la reverrai jamais, contrairement à ce qu'elle dit, puisque les filles de l'*ospedale *se doivent d'être vierges et ne sont jamais autorisées à revenir, une fois l'acte consommé.*

Je reste seule.

Sans amie.

Sans amour.

Plus de baisers, de bras autour du cou ni de caresses réconfortantes.

Plus d'oreille complice à qui confier ma détresse.

Il ne me reste que ce carnet, que je remplis fiévreusement de tous mes souvenirs encore intacts. Bientôt, eux aussi seront pâlis aux pages refermées.

Un mois est passé depuis le départ précipité de Charles et je suis comme une âme en peine, atteinte de langueur : « tædium vitæ[1] »*, a décrété le médecin de la Pietà, alerté par la* priora*, devant mon manque d'appétence, sans véritable cause observable, et mon état de lassitude permanente.*

Moi je sais que je souffre de maladie d'amour.

C'est le printemps.

Le premier des quatre sonnets écrits par Vivaldi, qui ouvre somptueusement le traité Concerti delle Stagioni[2]*, vient tout juste d'être édité à Amsterdam. Il tourne dans ma tête. Nous l'avons joué tant de fois depuis qu'il l'a composé, il y a cinq ans. Chaque fois, il m'a réjoui le cœur. C'est de loin mon concerto préféré car c'est une musique d'expression, d'illustration. Si don*

---

1. Expression latine souvent traduite par « dégoût de la vie », « mépris de la vie ».

2. « Concerts des saisons » (*Les Quatre Saisons*).

Vivaldi a tenu à faire imprimer les sonnets au début des partitions, c'est afin de mieux souligner que les notes ne sont que les contrepoints sonores d'images, d'effets visuels. Jamais auparavant on n'avait songé à faire de la musique comme on peint un tableau, en suggérant un frémissement de volupté, d'envoûtement et d'épicurisme. On y retrouve une sensualité illustrée par des effleurements, des ivresses et des égarements vers les délices de la virtuosité. Les Saisons *sont un livre du temps plein d'émois, une peinture des sentiments. En les interprétant, je sentais confusément qu'elles étaient l'œuvre d'un libertin plutôt que d'un prêtre.*

« Le printemps », première des Quatre Saisons, *est plein de promesses.*

C'est l'hymne d'un grand coloriste avec sa grâce folâtre, ses bergers et ses nuages, ses chants d'oiseaux, le murmure du vent ou de l'onde, des herbes qui frissonnent. Ses certitudes de bonheur en attente.

Pour moi qui n'attends plus rien, aujourd'hui, c'est un crève-cœur qui me déchire et je me le récite mentalement jusqu'à l'obsession.

La primavera

Giunt'è la Primavera e festosetti
La salutan gl'augei con lieto canto,
E i fonti allo Spirar de'zeffiretti
Con dolce mormorio Scorrono intanto ;

Vengon' coprendo l'aer di nero amanto
E Lampi, e tuoni ad annunziarla eletti
Indi tacendo questi, gli Augelletti ;
Tornan di nuovo al lor canoro incanto :

E quindi sul fiorito ameno prato
Al caro mormorio di fronde e piante
Dorme 'l Caprar col fido can a lato.

Di pastoral Zampogna al suon festante
Danzan Ninfe e Pastor nel tetto amato
Di primavera all'apparir brillante.

Le printemps

Voici le Printemps,
Que les oiseaux saluent d'un chant joyeux.
Et les fontaines, au souffle des zéphyrs,
Jaillissent en un doux murmure.

Ils viennent, couvrant l'air d'un manteau noir,
Le tonnerre et l'éclair messagers de l'orage.
Enfin, le calme revenu, les oisillons
Reprennent leur chant mélodieux.

Et sur le pré fleuri et tendre,
Au doux murmure du feuillage et des herbes,
Dort le chevrier, son chien fidèle à ses pieds.

Au son festif de la musette
Dansent les nymphes et les bergers,
Sous le brillant firmament du printemps[1].

Jadis, je trouvais le printemps si émouvant. Il emplissait ma jeune âme d'un élan d'allégresse. Il palpitait dans mes veines en sève ardente du renouveau. Aujourd'hui, il me fait mal. Je le reçois comme une gifle en plein visage, une provocation. L'hiver était mieux approprié à ma mélancolie.

Derrière le carreau de ma chambre, je regarde des mésanges qui visitent les trous des murailles pour y construire leurs nids. Un rouge-gorge s'envole devant mes yeux, emportant une touffe de poils de notre gros matou dans le bec.

---

1. Les concerti des *Quatre Saisons* sont inspirés de tableaux du peintre Marco Ricci. L'origine du texte est incertaine. Certaines sources en attribuent l'écriture à Vivaldi, mais il n'existe pas de certitude à ce sujet.

On dirait un petit moine barbu. À l'horizon, la lagune est parcourue de longs frissons. Je devrais respirer l'air tiède à pleins poumons, être ravie d'avril à ma porte, et pourtant je le trouve odieux. C'en est trop, il me nargue ! Il ne sied pas à ma douleur.

Un grand chagrin me submerge. Une oppression avec une sensation de vide et de ténèbres.

Depuis toutes ces années d'enfermement, la passion couvait en moi chaque fois que je collais mon front à la vitre, éprise de rêveries.

⋆

La priora *m'a conviée au parloir.*

C'est avec une appréhension pourtant teintée d'un espoir vain que j'ai suivi la succession de couloirs sombres, préoccupée par mes incertitudes.

Aurait-elle eu vent de mon escapade coupable ? Charles aurait-il donné signe de vie ?

J'ai poussé la porte et me suis assise au bord de la chaise qu'elle désignait en face d'elle.

Sur le qui-vive, j'attendais en la scrutant du regard. C'est une nonne austère, à la froideur apparente, mais pourtant bienveillante, qui a pris la couleur des murailles durant toutes ces années de réclusion. Elle me fait pitié.

— Ada, je t'ai fait mander car j'ai reçu une requête de maître Goffriller.

— Le luthier ?

— Oui, Matteo Goffriller… il m'a demandé ta main.

— Il a demandé ma main ? ânonnai-je sans comprendre.

— Il est veuf depuis longtemps de sa regrettée Maddalena Maria. Son fils Francesco a installé son atelier à Udine depuis une dizaine d'années déjà. Une personne comme toi serait une bénédiction pour briser sa solitude, partager sa vie et mettre ses talents de violoncelliste au service de son art de lutherie… Tu serais son essayiste, une oreille parfaite capable de détecter les moindres anomalies de ses instruments. Il te trouve très à son goût et a proposé de dédommager la Pietà des sommes engagées pour ton instruction. Tu serais ainsi libérée de ta dette envers nous et libre de l'épouser.

Je bondis sur mes pieds en criant :

— Mais il est vieux et laid !

— Je t'en prie ! Un peu de respect ! Il n'a que soixante-six ans, me sermonna la priora. *Tu devrais être honorée qu'un homme aussi prestigieux s'intéresse à une pauvresse comme toi. Cet homme qui a contribué à la réputation et au prestige de Venise par son école de lutherie, par ses violoncelles incomparables…*

— Non ! Je refuse ! dis-je en me levant d'un bond avant de m'enfuir.

Je courus par les couloirs jusqu'aux murs sécurisants de ma chambrette où je m'écroulai en larmes.

⋆

Il avait dû pleuvoir car il y avait dans l'air une odeur de feuilles mouillées qui pénétrait la chambre, se mêlant à la douceur du souffle printanier. Après avoir beaucoup pleuré, effondrée sur mon lit, j'avais glissé dans l'inconscience du sommeil. J'aurais aimé ne jamais me réveiller mais il me semblait avoir entendu des coups légers frappés à la porte. Péniblement, je me suis levée, les yeux bouffis par les pleurs, et j'ai ouvert à l'abbé Vivaldi, embarrassé.

— Je suis envoyé en ambassadeur par la priora. *Je viens plaider sa cause.*

Ainsi, on continuait à me tourmenter, jusque dans l'intimité de ma chambre !

— Je ne veux pas épouser ce vieillard, je préfère mourir !

— Allons, Ada, petite fille romantique… Je sais que ton cœur est épris, c'est très émouvant, mais il faut revenir à la raison. Tu as goûté à l'amour d'un gentilhomme empanaché qui t'a cueillie pour le plaisir d'aimer et de rire dans un décor de volupté carnavalesque, mais il y a un gouffre profond entre vous. Un gouffre creusé par la naissance et l'éducation. Pour le comte, il y eut toutes ces années passées au collège jésuite à acquérir les connaissances humaines. Devenu adulte, au service des affaires de son père, il est désormais un homme libre avec la bride sur le cou. Il a, sans aucun doute, été confronté à l'expérience du bien et du mal. Il s'est frotté à la société et a connu les noblesses et les bassesses des hommes. Toi, a contrario, *tu es restée recluse à la Pietà. On t'a inculqué ce qu'une fille convenable doit savoir et, en outre, on t'a appris la musique à la perfection. Mais tu ignores tout du monde que tu as seulement deviné à la fenêtre de ta chambre. Cette fenêtre que l'on s'empressait de clore quand*

les rumeurs des calli *paraissaient trop délurées. On t'a protégée, comme une plante fragile en jardin d'hiver, en te dispensant l'air et la lumière selon tes besoins. Tu as fleuri dans cette atmosphère confinée en ignorant tout de l'extérieur. À présent que Charles et toi vous êtes rencontrés, tu crois que le destin a jeté un pont entre vos différences et que l'amour a le pouvoir d'effacer cet abîme de divergences... Pourtant, si tu devais partager sa vie, tu resterais apeurée face aux mystères qu'il porte dans ses bagages. Lui sentirait entre vous le fossé des certitudes amères dont il n'oserait t'entretenir. Que pourriez-vous vous dire ? Vous êtes des créatures si différentes. Passés les premiers temps de bonne entente du mariage, passée la lune de miel, vous seriez limités à des bavardages anodins et conventionnels. Peu à peu, vous deviendriez des adversaires sur la défensive, fabulant pour donner le change... Il vous faudrait alors vivre une existence de mensonges. Tu ne peux pas souhaiter cela !*

— Non, ça ne se déroulerait pas comme cela entre nous... L'amour peut faire des miracles, faire tomber des barrières...

— Ce que je cherche à t'expliquer, c'est que les hommes comme lui savent tout, les filles comme toi ne savent rien. En supposant qu'il veuille de toi, que serait donc un mariage d'amour ? Deux mondes étrangers qui se rencontrent et se carambolent en une grande secousse. Une telle percussion risquerait de détruire le couple. Crois-moi, chère Ada, tu devrais garder dans l'écrin de ton cœur le joyau précieux de cet amour intact, et examiner la question

du mariage sous l'angle de la raison. Matteo Goffriller a proposé à la Pietà de racheter la dette d'éducation que tu aurais dû rembourser par des concerts jusqu'à ta quarantième année. Que penses-tu pouvoir encore espérer à quarante ans ? Le chemin se terminerait pour toi en impasse entre ces murs, ou alors un autre veuf t'épouserait pour faire de toi une maîtresse de maison, une servante en somme… Il est bien difficile de croiser des hommes et de trouver un époux quand on a si peu d'opportunités de sorties. Ensuite, il y a l'interdiction formelle de continuer à pratiquer la musique à l'extérieur de la Pietà, surtout en public. L'époux a l'obligation de s'y engager par un acte notarié.

En épousant le maître luthier, tu aurais la satisfaction d'avoir conquis une place dans la société et serais libre de vivre normalement dans la Sérénissime, au milieu du son des violoncelles qui peuplent son atelier. Tu apporterais une aide précieuse à ce brave homme qui est lui aussi un artiste à sa façon. Peut-être que grâce à ton statut spécial, tu serais autorisée à jouer de temps à autre dans des concerts privés de nobles Vénitiens. Ta destinée serait bien plus enrichissante que tu n'aurais pu l'espérer. Être enfin mariée à un bon parti serait ta plus belle revanche de fille défavorisée par la naissance.

— Je préfère rester ici et continuer à jouer pour vous. La musique que nous faisons ensemble suffit à consoler mes jours. C'est en elle que je puise la nourriture de mon âme.

— Je regrette, ma chère Ada : tu ne le sais pas encore mais il est probable que je m'absente très longtemps. Suite à l'édition de mon œuvre Il cimento dell'armonia e

dell'invenzione, *composée de douze concerti, dont celui des* Quatre Saisons, *qui a connu un grand succès, je vais me produire dans de nombreux théâtres de Florence, de Reggio de Lombardie, de Trieste, Vérone, Paris et Vienne. Il y aura vraisemblablement d'autres destinations. Tu vois... nos chemins vont se séparer.*

— Oh... alors même vous, vous m'abandonnez, murmurai-je, anéantie.

— Je sais que tu es brisée, mais fais-moi confiance, ça passera. Ne vois pas les choses sous cet angle. Nous allons, toi et moi, avancer chacun dans notre voie, poursuivre une route faite d'autres rencontres. C'est ce qui fait la richesse de la vie. Je te demande de réfléchir à la demande de Matteo Goffriller. J'espère que le bon sens l'emportera et t'amènera à faire le choix de la sagesse.

Le prêtre roux s'est approché de moi et m'a bénie d'un signe de croix sur le front puis est sorti de la pièce et a refermé la porte sur ma solitude.

Je suis restée assise à ma table de longues minutes, ses paroles résonnaient dans ma tête et me laissaient bouleversée et indécise.

Devant moi, ce cahier où est consignée la narration de mes souvenirs, avec les joies et les peines de mes pauvres et brèves mémoires.

Je l'ai ouvert afin d'y écrire le dernier chapitre.

Quatre solutions s'offrent à moi.

La première consisterait à rester dans le cocon sécurisant de la Pietà et à ne rien changer… mais, tout à coup, cette perspective me panique. Je vois se dérouler le long ruban gris d'une existence étouffée, ennuyeuse, inutile, vouée à la mort lente.

La deuxième serait de m'enfuir. Je pourrais essayer de rejoindre la principauté de Liège pour retrouver le comte Charles, mon bien-aimé. Mais comment faire ? Sans argent, sans aide, sans parler sa langue, à la merci des dangers du monde, ignorante de tout, pour être sans doute rejetée comme une indigente à l'arrivée, si toutefois j'arrive… Cette solution a ma préférence dans mes rêves les plus fous, mais me terrifie dans la réalité.

La troisième solution serait d'accepter le mariage avec le luthier et de surmonter ma répugnance durant les années qu'il lui reste à vivre.

Une quatrième, enfin, s'est insinuée dans mon esprit depuis plusieurs semaines et me semble un choix facile. Juste quelques secondes de courage et puis la délivrance ! Me jeter dans le Grand Canal et en finir avec ma mauvaise étoile, la fatalité du sort qui m'a marquée dès la naissance comme le fer rouge a marqué mon bras gauche du signe P. Penser à la mort est un soulagement.

Ma mère qui m'a abandonnée ne voulait pas de moi. Elle ne lira jamais ces mots, ces phrases, ces dialogues, ma vie que je retranscris le plus fidèlement possible. La réunion des deux moitiés de médaille n'aura jamais lieu. Maman, tu es sans doute morte, toi aussi. Morte de faim ou couverte d'infamie, dans la fange d'un cloaque.

Mon histoire va se terminer dans l'eau verte du rio mais, auparavant, j'ai encore une chose importante à faire pour partir en paix. Il me faut terminer le dernier mouvement de ma sonate. Mon dernier allegro sera certes rapide et plein d'envol mais il ne sera ni badin ni festif. Il aura une touche tragique dans sa vivacité, une impétuosité pathétique. C'est ainsi que je le veux : poignant et funeste, semblable à mon âme.

C'est tout ce qu'il restera de moi ; aussi, je veux y laisser ma trace, un indice, un sceau caché pour dire : j'ai vécu. J'ai foulé brièvement l'humus de cette terre des hommes et j'ai apporté ma petite pierre à l'édifice de l'aventure humaine.

Je veux aussi y laisser ma signature, cachée dans la partition.

Ada. Trois lettres.

Privilégier les accords de tierce plutôt que la quinte.

L'introduction du mouvement commencera par une triple apostrophe de trois notes.

Je vais dissimuler un message chiffré dans la partition en utilisant l'alphabet numérique – A = 1, D = 4, A = 1 – pour le crypter. Mon prénom sera ainsi codé dans le nombre de mesures.

Comme un peintre met un paraphe dans un coin de sa toile, je signerai mon œuvre, en employant ce procédé numéral.

Cette sonate sera mienne jusqu'à la fin des temps pour qui saura lire entre les lignes.

Ensuite, j'en ferai un petit rouleau bien serré et l'attacherai avec le ruban de ma médaille coupée. Cette médaille qui m'identifie et dont je n'attends plus rien. Je placerai le tout au fond de mon petit coffre de métal, j'y ajouterai par-dessus ce cahier qui contient toute mon existence et me rendrai à l'ambassade de la principauté de Liège où l'abbé de Harlez séjourne encore pour quelques jours.

Je lui parlerai. Je le convaincrai d'emporter mon coffret dans ses bagages pour rejoindre Liège. Je le supplierai de le remettre à son ami le comte Charles, en souvenir de moi. Je ne demande rien de plus. Je souhaite seulement qu'il accepte le seul bien que je possède et qu'il ait une pensée pour celle qui l'a aimé.

Voilà ce qu'il me reste à faire…

J'ai bu le calice jusqu'à la lie du désespoir. Je meurs de ne pas mourir.

J'ai ouvert ma fenêtre car j'étouffe dans cette chambre. J'ai regardé du côté du soleil qui baissait : les rayons de l'astre rougissant avec une délicatesse infinie, le toit des palais vénitiens qui sont mon unique perspective depuis l'enfance. Le miroir du canal scintille comme un brasier, tandis que le petit pont en dos d'âne se découpe à contre-jour. De l'autre côté, la surface de l'eau verdâtre monte en vapeur et se confond déjà avec l'humidité du ciel. Je contemple le firmament, à présent d'un bleu profond, qui se dilue entre chien et loup. Je pense à la Sérénissime, au chatoiement de ses nuits de carnaval, aux après-midi fébriles de sa foule costumée. Une dernière nostalgie me monte à la gorge : en fermant les yeux, je revois le calme horizon de mon enfance, la lagune s'étendant jusqu'à la mer, où je rêvais d'une vie dédiée tout entière à la musique.

XVII

Lionella était bouleversée par les ultimes phrases du cahier d'Ada.

La petite écriture fine avec ses pleins et ses déliés s'était arrêtée brutalement au milieu d'une page, sans qu'elle sache ce qui avait pu se passer ensuite. Les feuilles vierges qui suivaient la plongeaient dans la perplexité et laissaient beaucoup de questions en suspens. Perturbée par cette situation étrange, elle ressentait de l'inquiétude pour une vie éteinte depuis près de trois cents ans.

Elle reprit la partition pour l'étudier sous un jour nouveau. Sur le papier se déroulait le script exact évoqué par Ada. Ce qu'elle pressentait en son for intérieur, en dépit des protestations de M. Sohet, lui sautait au visage : elle en avait à présent une preuve irréfutable ! Le mouvement introduit par une triple apostrophe de trois notes, les accords de tierce, et même le prénom crypté, tout y était !

La sonate avec laquelle elle avait obtenu le deuxième prix au concours Arpèges était bien la composition d'Ada. Cette sonate qu'elle devrait interpréter, ce soir encore, lors de la soirée de gala organisée par la banque Belgatis.

Ce soir !

Il fallait qu'elle se prépare, mais comment jouer la comédie de la partition retrouvée de Vivaldi à présent que l'évidence s'étalait sous ses yeux ? M. Sohet serait furieux si elle parlait d'Ada ! Bien sûr, elle pourrait continuer à se taire puisqu'elle était la seule à connaître la vérité, mais cette idée la révoltait. C'était injuste. Ada, née sous une mauvaise étoile, ne méritait-elle pas une reconnaissance posthume ?

Elle jeta un coup d'œil à sa montre et se leva d'un bond. Déjà dix-neuf heures ! Le taxi serait devant l'hôtel dans une demi-heure !

Paniquée, elle courut à la salle de bains et passa le bâton de rouge sur ses lèvres qu'elle pinça ensuite sur un kleenex pour en enlever l'excédent. Elle brossa ses longs cheveux cendrés qu'elle ramena sur le sommet du crâne en chignon. Le miroir lui suggéra de laisser tomber quelques mèches pour casser le côté trop strict de la coiffure. Elle ouvrit ensuite la penderie et en sortit une robe de soirée noire, simple et très chic. Après l'avoir enfilée, elle accrocha sur son décolleté la médaille coupée en bronze sombre qui ne donnait aucun éclat à sa tenue. Seule la luminosité de sa peau pâle contrastait avec le velours noir. Sa beauté naturelle était mise en valeur par cette sobriété non calculée, et c'était tant mieux car elle n'était pas frivole et avait des choses bien plus importantes en tête.

Ce soir-là la banque Belgatis, mécène des arts, devait lui remettre officiellement en prêt un prestigieux violoncelle dont elle était propriétaire. Après une sélection de plusieurs instrumentistes, elle avait eu la chance d'être élue pour en être l'heureuse bénéficiaire. Elle se doutait que tout le ramdam médiatique qui avait suivi le concours et la conférence de presse y était pour quelque chose ; la banque, elle aussi, pensait tirer profit de cette publicité gratuite. Lionella n'était pas dupe mais qu'importe ! Durant une semaine, elle avait pu s'adapter et s'habituer à ce superbe instrument et ne pouvait déjà plus s'en passer. Dès le gala de ce soir, elle en disposerait exclusivement pendant cinq ans. Un splendide violoncelle Goffriller qui, ironie du sort, la ramenait une fois de plus vers Ada. Leurs deux vies semblaient définitivement liées par des attaches mystérieuses, presque surnaturelles ! Elle mesurait à peine sa chance de pouvoir jouer sur un tel joyau, réalisé à Venise par le meilleur des luthiers de l'époque de Vivaldi. Cette accumulation de points communs ébranlait sa lucidité. Quelqu'un de plus fragile serait sans doute devenu superstitieux. Mais son bon sens de fille raisonnable lui dictait de ne pas s'égarer en aberrations.

Avant de quitter sa chambre d'hôtel, elle regarda une nouvelle fois avec fierté le carton d'invitation sur lequel était imprimé son nom. Elle connaissait par cœur le texte qui y figurait mais ne se lassait pas de le relire.

La banque Belgatis
a le plaisir de vous convier
à la remise d'un violoncelle Goffriller
en prêt à
Lionella Petrella,
deuxième lauréate du concours Arpèges.

La cérémonie sera suivie d'un concert privé.

Quand le taxi la déposa devant l'auditorium de la banque, M. Sohet l'attendait déjà. Elle le salua en évitant son regard, ce qui éveilla sa méfiance. Il la suivit jusqu'à la porte de sa loge.

— Lio, tu es sûre que tout va bien ?

— Mais oui !

— Pas de bêtises, hein ? Pas de coup de tête intempestif…

Pour toute réponse, Lionella ajusta ses écouteurs sur ses oreilles et s'isola dans une déferlante de hard-rock.

Impuissant, son professeur tourna les talons et chercha sa propre loge, non sans inquiétude. Sacrée gamine, que manigançait-elle ? Il la connaissait suffisamment pour savoir qu'elle avait une idée derrière la tête. Encore cette histoire de partition et d'orpheline…

Il n'eut pas le loisir de ressasser davantage ses soupçons car l'hôtesse d'accueil arrivait avec le programme et les recommandations habituelles.

La soirée débuta par les discours d'ouverture devant un parterre d'amateurs de musique et de journalistes attirés par la partition retrouvée.

Le maître de cérémonie présenta le thème de la réception à l'assemblée puis se tourna vers le fond de la scène en invitant M. Patrick Viatour, président du comité de direction, à le rejoindre sous les applaudissements. Lionella se tenait en retrait, prête à intervenir. M. Viatour lui fit signe d'un geste de la main, et elle s'avança d'un pas hésitant, toute menue dans sa longue robe noire.

— C'est avec une grande fierté que nous allons remettre cet instrument exceptionnel à Mlle Lionella Petrella, deuxième lauréate du concours Arpèges qui, à son tour, en fera profiter un large public. Elle en jouira pendant cinq ans. C'est là l'un des buts de notre mission en tant que mécènes : rendre l'art musical abordable aux membres de la société dans laquelle notre banque est profondément enracinée et dans laquelle elle continue à évoluer. Ce violoncelle, dont elle est propriétaire depuis 2003, a été réalisé entre 1695 et 1715 par Matteo Goffriller qui était considéré, à l'époque baroque, comme le luthier le plus remarquable de la République de Venise. Ce modèle est en parfait état et produit des basses profondes, un timbre extrêmement riche et il possède une grande réserve de puissance qui a fait la notoriété de son concepteur. Ses qualités conviennent au répertoire baroque mais aussi aux autres répertoires, classique et romantique. Dans le cadre de cette association, cet incomparable violoncelle sera désormais joué par Mlle Petrella. Belgatis réitère ainsi son intérêt pour le mécénat culturel et renforce son engagement comme entreprise citoyenne. En confiant ce violoncelle à une jeune artiste, nous l'encourageons à accéder à des sommets de créativité et à offrir des performances d'un niveau d'excellence. Elle aura l'opportunité de repousser les limites de son art, de se confronter et de rivaliser avec l'élite de la scène internationale.

Lionella, impressionnée, parcourait des yeux les rangs de l'auditoire. Tous ces visages accrochés au sien lui faisaient peur. Elle inspira à pleins poumons puis expira très lentement, comme on le lui avait appris, pour apprivoiser son trac, et chercha des physionomies bienveillantes dans la salle. Elle distingua ses parents au premier rang, son père débonnaire, sa mère anxieuse, son frère goguenard et, à côté d'eux, le regard adorateur de Kevin qui ne cachait pas son admiration. Elle leur fit un petit signe de la main auquel ils répondirent à l'unisson : un clin d'œil pour le père, un baiser envoyé au vol pour la mère, une grimace tordue pour le frère et un pouce levé pour Kevin. Cet accord harmonique la fit sourire et dissipa quelque peu ses craintes.

Une hôtesse apporta le violoncelle qu'elle remit à M. Viatour, sous les murmures de l'assistance. À son tour, celui-ci se tourna vers Lionella et, d'une manière théâtrale, il déposa le précieux instrument dans ses mains sous les applaudissements des auditeurs. Elle le tint à bout de bras un long moment, l'observant amoureusement, puis, embarrassée par son encombrant fardeau, elle le rendit au président. Tous attendaient d'elle les remerciements d'usage.

Elle s'avança de quelques pas avec une allure de biche aux abois, et toussota pour s'éclaircir la voix.

— Excusez-moi, je n'ai pas l'habitude de m'exprimer oralement. Mon moyen d'expression, c'est la musique et me cacher derrière un violoncelle me permet de gérer ma timidité…

Elle entendit fuser des rires et continua d'une inflexion plus maîtrisée.

— Je remercie la banque Belgatis de m'avoir choisie pour ce prêt prestigieux. C'est une première en Belgique et je me sens d'autant plus chanceuse. Ce sera un bonheur d'en disposer durant cinq années, et bien difficile de le rendre après ce délai. Mais je suppose que d'ici là j'aurai progressé, grâce à lui, et atteint un niveau supérieur qui me permettra d'envisager les choses sous un angle nouveau. Comment faire, lorsqu'on est une jeune violoncelliste, pour se procurer un instrument de qualité qui permette d'exprimer tout son talent ? Soit on est issu d'une famille riche qui peut débourser quarante mille euros pour acheter un violoncelle contemporain fabriqué par un bon luthier – en ce qui concerne les instruments anciens, les plus réputés sont estimés à plusieurs millions d'euros –, soit on a la chance d'être remarqué par un mécène comme la banque Belgatis, et c'est mon cas...

Elle marqua une pause, semblant réfléchir quelques instants.

— Je suis née et j'ai grandi à Seraing... dans le fond de Seraing, c'est-à-dire dans la partie pauvre de la ville. Elle est, certes, en pleine restructuration mais mes parents, mes grands-parents, mon frère Domenico et moi n'avons eu qu'un mur gris d'usine pour tout horizon. C'est pour mes grands-parents que cela fut sûrement le plus difficile ; quitter le soleil de leur Italie natale pour s'enfermer dans la morosité de ce quartier d'émigrés dont les notables belges ne voulaient plus... Mon frère et moi avons eu la musique pour ensoleiller notre enfance. Elle nous a consolés et donné la lumière qui nous manquait.

Elle vit sa mère qui écrasait une larme tandis que tous étaient suspendus à ses lèvres dans un silence religieux. Elle s'enhardit.

— Je viens donc d'une famille modeste, d'origine italienne, comme mon nom vous l'indique. Mes parents se sont démenés pour que mon frère et moi disposions de toutes les clés pour nous épanouir et réussir notre vie. Cela me permet de percevoir la détresse des laissés-pour-compte de l'humanité. Je ressens pour eux une profonde compassion… par-delà les siècles !

Elle ne put s'empêcher de se retourner vers les coulisses où M. Sohet, qui sentait venir la catastrophe, était pétrifié. Elle toucha sa médaille du bout des doigts et poursuivit.

— Je voudrais profiter de la parole qui m'est donnée pour vous parler d'une fille de mon âge, une amie, italienne comme moi. Elle s'appelle Ada…

Elle perçut un juron qui s'échappait de l'arrière du décor mais fit mine de ne pas l'entendre.

— Ada était une enfant abandonnée par une mère trop pauvre pour pouvoir prendre soin d'elle. Pourtant, elle fut recueillie dans un orphelinat qui lui donna, lui aussi, toutes les clés pour s'élever dans l'amour de la musique. Elle avait un professeur, presque un ami, qui l'aidait et croyait en elle, tout comme j'ai le mien, qui a toujours été là pour m'épauler…

Elle se retourna vers lui avec un sourire d'excuse enjôleur.

— Il se nommait Antonio Vivaldi, le prêtre roux. Ada aussi jouait sur un violoncelle de Matteo Goffriller. C'était il y a presque trois cents ans. Hélas, en ce temps, une pauvre fille comme elle ne pouvait espérer sortir de sa condition.

Elle marqua une pause avant de conclure d'une voix désormais pleine d'assurance :

— La sonate que je vais à présent vous interpréter est de sa composition, celle-là même que j'ai jouée au concours Arpèges, pour lequel j'ai obtenu le deuxième prix.

Il y eut un brouhaha parmi les spectateurs et Lionella fut obligée d'élever le ton pour couvrir les commentaires.

— M. Sohet et moi allons donc vous présenter la *Sonate pour violoncelle et basse continue en mi mineur* composée par Ada dal violoncello, dit-elle en se tournant vers son professeur, qui la fusillait du regard mais s'avança néanmoins à ses côtés pour l'accompagner.

Lionella s'assit et prit le précieux violoncelle entre ses jambes. Elle passa la main sur le bois, de la plus haute qualité, comme c'est souvent le cas avec la facture de Venise. Elle en effleura le vernis aux reflets ambrés puis saisit son archet qu'elle passa successivement sur les quatre cordes pour s'accorder avec son partenaire. Elle retrouva avec une joie inouïe la sonorité puissante, ronde et chaleureuse avec laquelle elle avait pu se familiariser durant les jours précédents. Elle ne pouvait déjà plus s'en passer !

Elle regarda M. Sohet qui lui fit signe qu'il était prêt et elle attaqua le *largo* de la sonate avec humilité. Elle expérimentait la richesse en harmoniques de l'instrument qui le rendait très sensible. Le son était limpide même dans les graves ; elle pouvait donc jouer de manière très détendue et moduler les inflexions à sa guise : du timbre sombre d'une voix d'alto lyrique jusqu'à la soprano colorature. Au fur et à mesure qu'elle avançait dans le mouvement, elle surmontait de plus en plus sa réserve, et partait à la découverte de ces sonorités. Elle sentait l'euphorie s'emparer d'elle dans les passages rapides, prodigieusement articulés. Chaque note se détachait avec une grande facilité… Une gamme d'une ampleur fabuleuse. Elle était comme un peintre qui aurait réalisé sa vie durant des tableaux en noir et blanc et qui, tout à coup, trouverait sur sa palette les couleurs les plus éclatantes et les plus subtiles. Elle termina le dernier *allegro* avec ivresse, enthousiasmée par cette perle qu'elle savourait mais aussi la conscience soulagée par son aveu. Le silence qui suivit ne dura qu'une poignée de secondes, instant suspendu, avant qu'un tonnerre d'applaudissements ne déchire l'enchantement. Comme un seul homme, le public s'était dressé. Le crépitement des bravos la tira de son envoûtement presque hypnotique et la ramena les pieds sur terre. Elle se leva pour saluer et voulut prendre une fois encore la parole. Toutes ses craintes s'étaient envolées.

— Merci, merci à tous et encore un grand merci à Belgatis pour ce violoncelle extraordinaire. Il est le compagnon idéal pour partager d'incroyables émotions avec le public. À présent, mon imagination et ma créativité sont mises au défi ! Merci aussi pour Ada dal violoncello. Acceptez-la comme une grande compositrice ! Donnez-lui, à titre posthume, la considération qu'elle n'a jamais pu avoir dans sa pauvre vie. Que justice lui soit rendue ! scanda-t-elle, le poing levé, comme une pasionaria.

Lionella sortit de scène dans le tintamarre des bavardages et la confusion de la foule qui se pressait vers la salle de réception où l'attendaient buffet, champagne et petits-fours. Elle fut prise d'assaut par des journalistes qui voulaient tout savoir sur ce coup de théâtre dont ils venaient d'être les témoins, tout savoir sur Ada.

— Excusez-moi, je suis fatiguée, je vous promets que vous en saurez plus, un peu de patience…

Elle aperçut Kevin qui se tenait en retrait au fond de la pièce et se fraya un passage à travers la cohue jusqu'à lui.

— Vite, partons d'ici !

— Mais… et ces gens ?

— Pas envie de leur parler !...

Elle hésita, puis ajouta gravement :

— Je crois qu'Ada est morte !

— Je ne voudrais pas te contrarier, ironisa Kevin, mais je le crois aussi !

— Je veux dire… peut-être suicidée… noyée dans le canal…

— Et ton violoncelle ?

— M. Sohet s'en occupe, viens vite, échappons-nous !

— OK ! Ça marche ! Tu me raconteras.

Ils s'éclipsèrent sous les yeux stupéfaits du professeur.

— Satanée gamine ! s'exclama-t-il. Avec tout le respect que je vous dois, ajouta-t-il, gêné vis-à-vis des parents qui se tenaient à ses côtés.

— Vous avez raison, répondit Carla, elle est folle ! C'est une catastrophe !

— C'est une fille honnête, entière, sensible, qui aime la justice… dit Paolo, conciliant.

— Tu veux dire qu'elle a l'art de remettre en jeu une carrière qui s'annonçait brillante, pour des principes stupides ! riposta-t-elle.

— Vous n'avez jamais été jeunes ? demanda Paolo.

Il trouvait que sa fille avait eu du courage et il était fier d'elle.

M. Sohet sortit à son tour de cette salle étouffante pour respirer l'air tiède de cette belle nuit d'été. Les étoiles chatoyaient au velours sombre du ciel qui semblait étendre son manteau complice sur les enfants terribles. Tout son ressentiment se retira comme une marée houleuse faisant place à l'embellie. Son élève réveillait en lui des sensations perdues au fil de ses désillusions. Le souvenir de sa jeunesse le submergeait avec une bouleversante nostalgie. Il avait toujours été froussard et la peur de faire des vagues à l'heure des choix lui avait fait prendre le chemin facile de la prudence. Il avait oublié ses idéaux et était devenu vieux avant l'âge. À présent, il enviait Lionella et son impétuosité sans concessions. Il écrasa une larme de regret et pensa qu'il avait bien de la chance de la connaître et de l'accompagner.

XVIII

Après une année de travail subalterne comme magasinier, Kevin venait d'être promu vendeur. Son patron, qui l'observait souvent à la dérobée, avait remarqué qu'il triait jour après jour ses boulons et ses vis sans jamais rechigner. Son zèle et sa patience étaient exemplaires. En homme avisé, il s'était dit que cette constance serait utile pour servir des clients parfois énervés et pas toujours compréhensifs.

En sortant du boulot ce jour-là, Kevin était content. Son nouveau salaire de vendeur allait quelque peu adoucir son quotidien. Ce n'était pas Byzance mais cela lui permettrait de prendre un petit studio en location et d'enfin pouvoir goûter à la liberté sans subir continuellement les plaintes de sa mère et les insultes de son frère, qui ne se déciderait jamais à quitter la maison. Tout en traversant la place Kuborn qui rejoignait la rue Cockerill, il se disait qu'un bonheur ne vient jamais seul. Il caressait au fond de la poche de son jean le bord coupant du bristol qu'il avait reçu le matin même dans une enveloppe épaisse, accompagné d'un billet d'avion.

D'habitude il s'attardait volontiers rue Cockerill pour observer l'avancement des travaux mais ce soir-là il était pressé de rentrer boucler sa valise.

Si le site du fond de Seraing était resté en friche de nombreuses années, il fallait bien reconnaître qu'à présent on mettait les bouchées doubles. Il y avait du nouveau chaque semaine. Les opérations de dépollution des sols, à la suite de la déconstruction des derniers bâtiments de l'« usine Cockerill », étaient terminées. Quinze mille tonnes de terre contaminée en métaux lourds, huiles minérales et composés organochlorés avaient été excavées et évacuées vers des centres de traitement. Un parking pour la nouvelle cité administrative s'étendait désormais sur ce site repris en zone d'activités économiques avec, notamment, un centre commercial, « Gastronomia », consacré à l'alimentaire et orienté vers le bio et le Slow Food. Il devait être complété d'espaces de bureaux et d'une zone polyvalente pour l'organisation d'événements.

Kevin ne reconnaissait plus rien et était partagé entre curiosité, admiration et regrets. Il ne comprenait pas comment il pouvait être nostalgique de sa vieille rue sans soleil, à l'ombre du mur sinistre.

Quinze millions d'euros d'investissements avaient été nécessaires pour aménager l'entrée de la ville !

Dans quelques jours, le centre historique verrait arriver des camions de déménagement remplis d'ordinateurs et de dossiers prêts à être installés dans la future administration, un bâtiment passif modèle en Wallonie. Cette hardiesse dans la nouveauté, le progrès et l'économie, l'énergie durable et la gestion des bâtiments publics devait être une référence pour le futur.

Ensuite viendraient s'installer les habitants de Neocittà. Le bâtiment se voulait idéal, avec un rez-de-chaussée transparent permettant aux citoyens du quartier de contempler le parc, les espaces verts, les bassins d'eau et le mobilier urbain. Cela formerait un ensemble contemporain dont les Sérésiens pourraient être fiers, après les coups durs que la fin de la métallurgie leur avait portés.

Au milieu de tout cet avant-gardisme architectural, l'Église primaire de l'Assomption de la Vierge serait le seul élément incongru du passé à être toujours debout. Kevin se remémorait le matin du concours, quand il y était entré pour la première fois. Depuis, de temps à autre, lorsqu'il était triste, il y retournait pour offrir un cierge à sainte Anne. Il jeta un regard au cadran du clocher, estima qu'il avait encore quelques minutes pour cela et pénétra dans la pénombre du narthex, vestibule de l'église. Se frayant un chemin derrière les colonnes, il se dirigea sans hésiter vers la peinture défraîchie de la sainte. Il alluma une bougie, puis s'agenouilla sur un prie-Dieu.

— Sainte Anne, je ne sais toujours pas prier mais, cette fois, ce n'est pas par angoisse ou par cafard que je viens vers vous… Je voulais vous dire que demain, dès l'aube, j'embarquerai dans l'avion qui me conduira à l'aéroport Marco Polo de Venise.

Il ne put s'empêcher de sourire à cette évocation.

Il hésitait à dévoiler son précieux sésame, fût-ce à un tableau, par peur d'attirer le mauvais œil sur son bonheur. Il avait si peu l'habitude de la bonne fortune qu'il en devenait superstitieux. Cependant, l'allégresse l'emportait sur les craintes et il poursuivit :

— Lionella va jouer la sonate qu'on appelle désormais « Sonate d'Ada » à l'église de la Pietà de Venise... Et devinez quoi ? Elle m'a envoyé une invitation et un billet d'avion ! dit-il en sortant l'enveloppe de sa poche et en l'agitant dans le sanctuaire.

Il se releva, car le temps pressait, se signa et fit quelques pas. Mais, se retournant, il crut bon de préciser :

— Je vais enfin la revoir, après un an d'éloignement.

Il se dirigea vers la sortie et se retrouva dans la rue, aveuglé par le soleil qui se reflétait dans le revêtement en aluminium du bâtiment voisin, ultramoderne. Tout étincelait en réverbérations. Cette débauche de lumière effaçait avec audace la noirceur du passé sidérurgique.

Kevin sentait que c'était tout un pan d'histoire ouvrière qui disparaissait derrière le modernisme rutilant. Cette histoire qui avait vu tant de misère et de sueur s'effaçait doucement. Qui se souviendrait désormais des sidérurgistes harassés quittant l'usine avant la pause de nuit, dans les rues grises de son enfance ? Qui aurait encore dans les oreilles le son lugubre des sirènes annonçant un accident de laminoir ? Qui entendrait résonner les pas des grévistes sur les pavés descellés et les slogans scandés derrière les drapeaux rouges ? Ces choses qui lui avaient semblé jadis révoltantes appartenaient déjà au passé et lui apparaissaient nimbées d'une aura romantique, comme sur les affiches fin de siècle.

Mais cette réflexion, accompagnée d'un zeste d'amertume, ne parvenait pas à pâlir la joie qui bouillonnait en lui.

Lionella.

Tant d'eau de la Meuse avait coulé sous le pont de Seraing depuis l'emballement extraordinaire qui avait happé son amie, après la révélation sur la sonate. S'étaient ensuivis expertises, contre-expertises, conférences de presse et concerts partout en Europe. Loin de porter ombrage à sa carrière, sa déclaration avait fait l'effet d'une bombe et le public mélomane s'était passionné pour l'humble *figlia dell'ospedale.* On ne savait toujours pas comment, ni par qui, la partition était arrivée sur l'étal de la brocanteuse de Seraing. Les spéculations allaient bon train. Tous y allaient de leurs suppositions romanesques. La jeune orpheline était devenue un personnage populaire, bien au-delà des amateurs de musique.

Au début, Lionella avait beaucoup manqué à Kevin puis, le temps passant, il croyait s'être presque résigné. Pourtant, un jour de vague à l'âme, il avait découvert sur Internet ces quelques vers de Victor

Hugo, extraits de *Ruy Blas*, qui lui semblaient écrits pour lui.

Sur un coup de tête impulsif, il avait osé les lui envoyer par texto :

Madame, sous vos pieds, dans l'ombre, un homme est là
Qui vous aime, perdu dans la nuit qui le voile ;
Qui souffre, ver de terre amoureux d'une étoile ;
Qui pour vous donnera son âme, s'il le faut ;
Et qui se meurt en bas quand vous brillez en haut.

Et la réponse était arrivée par la poste trois jours plus tard, alors qu'il n'attendait rien. Un billet d'avion accompagné de l'invitation au concert, sur laquelle elle avait simplement griffonné :

Idiot !

★

Lionella musardait sur le quai, *riva degli Schiavoni*. Il était encore tôt, mais le soleil chauffait déjà à blanc les pierres du palais des Doges. Le ciel étendait sur la lagune son bleu indigo, sans le moindre flocon de nuage. On aurait dit une carte postale retouchée. Les eaux du Grand Canal brasillaient de mille feux et des gondoliers papotaient entre eux en attendant les touristes, encore rares à cette heure matinale.

Quel contraste avec la Venise du cahier d'Ada ! pensait-elle. Où donc se cachaient la brume, la langueur mélancolique et le mystère qui suintaient à chaque page ?

Elle avait rendez-vous à onze heures trente à l'ospedale della Pietà, avec la responsable des archives ; elle lui avait parlé la veille au téléphone en vue d'une rencontre. Il lui restait encore un peu de temps pour flâner.

Trois jours plus tôt, en débarquant du train qui amenait son lot de vacanciers de l'aéroport Marco Polo, elle avait eu peur de détester Venise, à cause de tout ce qu'elle croyait savoir : les voyages de noces et les clapotis, le réservoir d'un imaginaire à l'eau de rose, le mauvais goût des gondoles, le tourisme de masse et *tutti quanti*. Dès l'instant où elle était sortie de la gare et avait descendu les larges marches de pierre vers l'eau qu'elle anticipait glauque, croupie et nauséabonde – elle s'attendait même à voir courir des rats sur les quais ! – et qui lui apparut cependant saine, riante et vivace, elle fut sous le charme ! Lionella, qui était pourtant une boulimique de lecture, avait craint de ne pouvoir échapper à Casanova et Philippe Sollers, à Rousseau et Thomas Mann, Stendhal et Jean d'Ormesson. Toute cette avalanche de paroles d'écrivains ! Tous ceux-là et bien d'autres étaient venus à Venise, certains pour y mourir. Ils avaient éprouvé la nécessité de poser des mots sur leur ressenti intime. Elle croyait que c'était un remède pour panser leurs blessures… mais non : au fur et à mesure qu'elle déambulait, le voile se levait sur une autre Venise. Au-delà de sa peinture, sa musique, ses légendes, son pittoresque de bazar, ses masques conventionnels, c'était une ville de lettres. Peut-être parce que les sons qui montent des *calli*, le long des hauts murs de briques rouges, ne sont pas parasités par le vrombissement incessant des moteurs de voitures ?

En songeant à ces choses, elle s'était tout naturellement rapprochée de la Pietà et de son rendez-vous. Cette fameuse église, Santa Maria della Pietà, était flanquée d'un fronton et de quatre colonnes. On ne voyait qu'elle, éclatante de blancheur, en arrivant avec le *vaporetto,* ce bateau bus vénitien.

La plupart des agences et des guides touristiques la désignent comme l'« église de Vivaldi ». En réalité, il n'aurait pu la connaître. Elle ne fut construite qu'entre 1745 et 1760, cinq ans après sa mort, sur le lieu de l'ancienne église, plus petite, qui fut rasée pour faire place à la nouvelle. Cependant, il aurait, dit-on, prodigué à l'architecte quelques conseils pour en réussir l'acoustique.

Lionella s'engagea à pas lents sur les larges dalles luisantes de pierre polie de la *calle della Pietà*, ruelle exiguë enserrée entre l'église et les cuisines du luxueux hôtel Métropole.

Au fur et à mesure qu'elle approchait, elle pensait aux milliards de pas qui l'avaient parcourue depuis des siècles et imaginait que, trois cents ans plus tôt, Ada et Vivaldi l'avaient foulée aussi. Elle avançait comme pour un pèlerinage. Mais n'était-ce pas ce qu'elle était venue faire ici ? C'était bien la sensation qu'elle avait depuis sa descente d'avion. Un pèlerinage à la recherche d'énigmatiques fantômes… Elle était troublée. Vers quoi tout cela allait-il la mener ?

Sur le côté latéral de l'église, il y avait une plaque commémorative.

QUESTA CHIESA È OPERA ELETTA
DELL'ARCHITETTO VENEZIANO
GIORGIO MASSARI
LA SUA ACUSTICA PERFETTA
– LA TRADIZIONE AMA RICORDARE –
A GENIALI INTUIZIONI E A FELICI CONSIGLI
DI ANTONIO VIVALDI
VADA DEBITRICE[1]

Quel dommage que l'église ne soit pas contemporaine de Vivaldi, regretta-t-elle, j'aurais bien aimé croire à cette légende erronée, juste pour le romantisme de l'idée ! J'ai potassé les bouquins d'Histoire à outrance avant de venir, et voilà ! Quand on en sait trop, on est déçu ! Elle avait tellement envie de s'accrocher à une chose réelle comme on baise une relique.

1. « Cette église fut élevée par l'architecte vénitien Giorgio Massari. Son acoustique parfaite – la tradition aime à s'en souvenir – doit beaucoup à la géniale intuition et aux bons conseils d'Antonio Vivaldi. »

Ses pas recueillis la menèrent un peu plus loin, vers une niche creusée dans le mur.

— Mais voilà ! murmura-t-elle.

Elle se trouvait face à une petite chapelle baroque, en dévotion à la Vierge Marie, et, dessous, à cause de l'excessif succès de l'*ospedale*, on avait enchâssé une tablette de pierre, gravée pour admonester les parents qui avaient l'intention d'abandonner leurs enfants en les menaçant de damnation éternelle. Elle caressa l'inscription d'une main respectueuse.

FULMINA IL SIGNOR IDDIO MALEDITIONI E SCOMUNICHE
CONTRO QUELL'I QUALI MANDANO, Ò PERMETTANO
SYNO MANDATI LI LORO FIGLIOLI, E FIGLIOLE SI
LEGITTIMI, COME NATURALI INQUESTO HOSPEDALE DELLA
PIETÀ HAVENDO IL MODO, E FACULTA DI POTERLI ALLEVARE,
ESSEENDO OBLIGATI AL RESARCIMENTO DIOGNI DANNO E
SPESA FATTA PER QUELLI, NE POSSONO ESSER ASSOLTI
SE NON SODISFANO, COME CHIARAMENTE APPARE NELLA
BOLLA DI NOSTRO SIGNOR PAPA PAOLO TERZO
DATA ADI 12 NOVENBRE L'ANNO 1548[1].

---

1. « Le Seigneur Dieu foudroie de malédictions et d'excommunications ceux qui envoient ou permettent que soient envoyés leurs fils et leurs filles légitimes ou naturels dans cet hospice de la Pitié alors qu'ils ont les moyens et la possibilité de les élever. Puisqu'ils sont obligés de rembourser chaque dommage et dépense pour ceux-ci, ils ne pourront être absous s'ils ne s'exécutent pas, comme cela apparaît clairement dans la bulle de notre saint-père le pape Paul III. Daté du 12 novembre de l'année 1548. »

Par les fenêtres ouvertes des cuisines de l'hôtel Métropole s'échappaient des odeurs appétissantes rappelant à Lionella que l'heure du repas approchait. Des apprentis cuisiniers la lorgnaient au passage, riant entre eux. Elle profita de l'occasion et se pencha à la fenêtre :

— Où se trouve l'entrée du musée Vivaldi ? demanda-t-elle dans un italien parfait.

Le marmiton ahuri fit un geste évasif signifiant son ignorance.

— Je dois me rendre à l'Istituto provinciale per l'infanzia Santa Maria della Pietà.

— Ah ! L'*istituto* !

Et il désigna le fond de la ruelle. Elle remercia et s'en alla sonner au portail.

— Oui ? grésilla le parlophone.

— Bonjour, je suis Lionella Petrella et j'ai rendez-vous avec Dora Baphese.

— Premier étage !

La porte s'ouvrit et Lionella entra dans un jardin intérieur bien soigné. Qui aurait cru que derrière ces hauts murs de briques prospérait une végétation aussi luxuriante ? Elle s'embrouilla et se fourvoya parmi les différentes ailes du bâtiment et les portes vitrées. Elle en découvrit une ouverte, et se retrouva devant un escalier qui la conduisit à l'étage, dans une vaste pièce solennelle meublée d'antiquités de bois sombre brillant d'encaustique. Devant la fenêtre trônait un imposant bureau, derrière lequel était assise une petite femme trapue suspendue au téléphone. Lorsqu'elle eut raccroché, elle leva un regard interrogateur sur Lionella, qui attendait.

— Je suis Lionella Petrella et je viens voir le Piccolo Museo Vivaldi…

— Il se visite uniquement sur rendez-vous, répliqua la femme.

— Justement ! J'ai rendez-vous à onze heures trente avec Dora Baphese.

Sans répondre, la femme composa un numéro de téléphone tout en faisant un geste à Lionella en direction d'un banc de bois qui se trouvait près de l'escalier. Elle parlait, soupirait, faisait un autre numéro, puis un autre encore. Lionella, qui n'avait pas bougé, demanda :

— Elle n'est pas encore arrivée ?

— Asseyez-vous ! répondit l'autre avec autorité.

Puis elle-même se leva et arpenta la pièce dans les deux sens en traînant les pieds. Lionella, qui s'était assise, l'entendait parler d'une voix forte et excédée. Elle repassa devant elle sans la regarder en grommelant :

— Je ne suis que la concierge, moi !

Elle soufflait bruyamment, expulsant autant d'air qu'elle en brassait dans ses allées et venues. Au bout d'un quart d'heure, elle dit, toujours sans un regard :

— Bon, je vais vous faire visiter mais c'est une faveur ! Je ne suis que la concierge, moi ! répéta-t-elle.

Elle parcourut le bureau une fois encore à la recherche de la clé, puis fit signe à Lionella de la suivre et ouvrit enfin la porte du sanctuaire. Il s'agissait, en fait, d'une enfilade de deux pièces. Le musée portait bien son qualificatif de *piccolo* : les trésors sur lesquels la dame veillait ne devaient pas lui faire craindre les voleurs.

Lionella s'avança religieusement, cœur battant comme devant le saint sacrement. Accrochées à des panneaux, se trouvaient des partitions de la main de Vivaldi où il avait noté les noms des filles auxquelles elles étaient destinées : « *Agata, figlia di Coro* », « *mottetto per Luisa* », « *concerto per Anna Maria* », etc. Dans des vitrines, on pouvait voir quelques instruments de musique de l'époque glorieuse de la Pietà, cors, violons, violes et surtout… deux superbes violoncelles Goffriller, semblables à celui que la banque lui avait prêté. Horizontalement, des tables-vitrines étaient alignées. L'une d'entre elles contenait des broderies précieuses, chemises de dentelles en points antiques réalisées par les orphelines. Dans une autre, des images et objets étranges. En s'approchant, elle comprit qu'il s'agissait de signes de reconnaissance laissés par les parents qui abandonnaient les enfants, dans le but de les retrouver, peut-être un jour… On distinguait une image de saint coupée en deux dont l'autre moitié avait probablement été conservée par la mère, un petit sac de tissu portant la marque de l'année de naissance, des médailles, des médaillons et des pendentifs en forme de corne d'abondance, symbole de chance.

Bouleversée, elle examina une brassière brodée au nom de l'enfant, accompagnée d'une lettre[1] :

Je vous en supplie, Monsieur le Directeur,

La fillette n'est pas baptisée. Je vous prie de lui donner le nom que vous trouverez écrit sur la chemisette et qui est Oberta Malaspina. Que cette chemisette soit bien conservée parce qu'un jour je viendrai la rechercher. Je sais déjà que je n'ai pas besoin de vous faire des recommandations car la petite sera gardée et bien traitée. Mais une mère aimante ne peut s'empêcher de vous faire une telle recommandation !

Dans la vitrine suivante se trouvaient des registres couverts d'une fine écriture délavée par les siècles. Là étaient consignés les noms des enfants recueillis à l'*ospedale*. En colonnes serrées s'alignaient les prénoms des bébés confiés à la *scafetta*, la roue de l'abandon. Lionella était si émue par ces vieux papiers qu'elle en avait les larmes aux yeux. Date d'arrivée, prénom, numéro, emploi, date de mort. Pas de nom de famille puisque celui-ci était inconnu la

---

1. Traduction d'une lettre reproduite dans le livre, *La Pietà a Venezia*, Istituto provinciale per l'infanzia Santa Maria della Pietà, 2008.

plupart du temps. À l'instant où elle se penchait sur les livres pour essayer de déchiffrer quelques indications, une jeune femme affable entra et lui tendit la main en s'excusant.

— Je suis Dora Baphese, archiviste historique, désolée pour mon retard.

— Ce n'est pas grave, j'ai pu regarder l'exposition à l'aise…

Elle lui fit néanmoins refaire le tour de la pièce en guide consciencieuse, avec moultes explications. Lionella, aux anges, était tout ouïe. À la fin de la visite, la jeune femme lui demanda si elle était prête pour le concert du lendemain à l'église.

— Oui, bien sûr, après toutes les péripéties de cette année écoulée, je serai heureuse de jouer la sonate d'Ada dans le lieu qui l'a vue vivre et composer. Ce sera émouvant de lui rendre enfin l'hommage qu'elle mérite.

— Cette histoire est incroyable… Ce sera un grand événement pour nous aussi.

— J'ai quelque chose pour vous, murmura Lionella.

Elle tira de son sac une cassette de métal qu'elle ouvrit sur un coin de table et en sortit le cahier à la couverture de vélin, le cahier d'Ada.

— Voilà !

Elle posa son précieux fardeau dans les mains de Dora.

— Sa place est ici, parmi les objets de ce musée. On m'a proposé beaucoup d'argent pour ce cahier, on a même fait pression de manière diplomate pour l'obtenir, mais j'ai tout refusé ! Pour rien au monde je n'aurais voulu qu'il soit ailleurs.

— Oh ! Merci ! C'est merveilleux d'avoir ce témoignage essentiel de la vie de la Pietà ! Ada est devenue tellement célèbre en un an, après ces siècles de silence, d'obscurité anonyme… Je ne sais comment vous remercier…

— Moi, je sais comment ! répondit Lionella.

— Vraiment ? Que puis-je pour vous ?

— Je voudrais que vous me montriez le prénom d'Ada dans les registres… je voudrais savoir quand elle est morte… peut-être… s'il reste une trace d'elle…

Dora se dirigea vers la vitrine aux registres, sortit une clé de sa poche et l'ouvrit. Elle enfila des gants de coton blanc et choisit l'un des répertoires.

— Nous allons prendre celui des *figlie di coro*, qui indique leurs fonctions, puisque nous savons qu'elle était violoncelliste. Voyons… son cahier se termine en 1725 ? C'est bien cela ?

— Oui, et elle a été inscrite le 6 décembre 1705. Ada 38, précisa Lionella.

L'archiviste feuilletait les pages couvertes de calligraphie sépia.

FIGLIE DI CORO 1725					
Nom & âge en 1725	***Instrument, voix, fonction***	***Année de naissance***	***Date d'inscription***	***Date de décès***	***Âge au moment du décès***
Adelia 56 36 ans	*Violon priora*	*1689*	*4 juin*	*27 janvier 1760*	*71*
Palmira 66 46 ans	*Violon basse*	*1679*	*31 janvier*	*5 mars 1760*	*81*
Agata 52 43 ans	*Violon*	*1682*	*13 octobre*	*19 août 1754*	*72*

— Je pense que nous y sommes presque, dit Dora en suivant la liste de son doigt ganté…

Benedetta 67 47 ans	*Orgue*	*1678*	*25 avril*	*27 janvier 1760*	*82*
Scolastica 72 23 ans	*Violon*	*1702*	*14 novembre*	*Morte avant 1744 ou mariée*	
Carlotta 49 25 ans	*Luth, Violon*	*1700*	*6 juin*	*8 août 1775*	*75*
Raffaela 52 24 ans	*Violon*	*1701*	*25 septembre*	*17 février 1757*	*56*
Camilla 59 39 ans	*Violon*	*1686*	*30 mai*	*2 juille 1756*	*70*
Blandina 63 21 ans	*Violoncelle*	*1704*	*14 novembre*	*26 février 1775*	*71*

Lionella retenait son souffle, croisait les doigts, n'osait regarder la feuille.

Teresa 38 *30 ans*	*Contralto* *Tenore* *Copiste*	*1695*	*21 juillet*	*4 mars 1777*	*82*
Barbara 51 *31 ans*	*Violoncelle* *Sacristine*	*1694*	*3 août*	*21 décembre 1766*	*72*
Sabina 60 *23 ans*	*Tenore*	*1702*	*28 juillet*	*22 octobre 1788*	*85*
Teodora 44 *29 ans*	*Violon*	*1696*	*24 avril*	*10 décembre 1758*	*62*
Donatella 41 *26 ans*	*Violon* *Sacristine*	*1699*	*1er février*	*17 décembre 1787*	*88*

— Ici ! dit Dora. Voilà !

Ada 38 *20 ans*	*Violoncelle* *Copiste*	*1705*	*6 décembre*	*Mariée le 8 mai 1725*	

— … Mariée le 8 mai 1725… et pas de date de mort…

— Non, puisqu'elle a quitté la Pietà…

Il y eut un silence. L'émotion étreignait Lionella à la gorge.

— Elle s'est donc bien mariée !

Elle ne pouvait plus détacher son regard de cette ligne d'écriture. Elle la fixait pour s'en imprégner, soulagée.

— J'ai eu si peur pour sa vie…

Dora la regardait avec bienveillance.

— C'est idiot, n'est-ce pas ? Puisqu'elle est de toute façon morte depuis des centaines d'années… Un peu plus tôt, un peu plus tard…

— Non, pas du tout, je vous comprends…

— Elle a donc choisi la raison. Elle a choisi de vivre !

— Sans doute avec Matteo Goffriller.

— Peut-être même a-t-elle touché mon violoncelle… J'aime le penser… Ainsi la boucle est bouclée.

Dora déposa le coffret métallique et le cahier d'Ada à côté du registre qu'elle laissa ouvert à cette page, ensuite elle referma la vitrine à clé.

— Que reste-t-il aujourd'hui de cette époque, à part ces quelques reliques, que reste-t-il de l'endroit d'origine ? demanda Lionella.

— Presque rien. En face, à l'hôtel Métropole, demeure l'escalier de pierre que Vivaldi empruntait pour rejoindre la salle de musique et deux colonnes au rez-de-chaussée de part et d'autre du bar.

Lionella se sentait désemparée, comme quand on referme un livre qu'on a beaucoup aimé sur le mot « Fin » et que les personnages vous accompagnent encore en pensée. Elle soupira.

— Voilà, je m'en vais, encore merci pour la visite…

— Grand merci à vous pour ce précieux cahier. On se voit demain au concert, n'est-ce pas ?

— Bien sûr, ce sera la dernière étape de cette aventure, jouer la sonate d'Ada sur le lieu de sa composition.

Lorsque Lionella se retrouva à l'extérieur, elle avait l'impression de flotter. Elle marcha vers la trouée radieuse qui s'ouvrait sur le Grand Canal, tout au bout de la ruelle, et respira l'air du large comme une délivrance. La lumière du soleil au zénith effaçait les zones d'ombre. En déambulant devant la façade élégante de l'hôtel Métropole, elle ne put s'empêcher de jeter un coup d'œil à l'intérieur. Elle vit le bar élégant en noyer poli entouré de ses deux colonnes de pierre intégrées au décor, vestiges de l'*ospedale*. Elle passa son chemin et alla s'asseoir dans l'une des deux niches disposées de part et d'autre du portail de l'église de la Pietà, puis regarda s'embraser l'île de San Giorgio Maggiore. Secouée, elle se laissait inconsciemment submerger par l'union intime de la pierre et de l'eau dans la plus fabuleuse des cités lagunaires dont l'ardeur et l'indolence ne cessent d'enchevêtrer Occident et Orient.

Le miracle, n'est-ce pas la vie qui renaît, envers et contre tout, lorsqu'on n'attend plus rien d'elle ?

*

Le soleil couchant rosissait la façade baroque de l'église de la Pietà. Kevin, dès son arrivée à Venise en fin d'après-midi, s'était assis sur un banc, *riva degli Schiavoni*. Trois heures plus tard, il n'avait pas bougé, subjugué par le spectacle de la lagune. À l'extrémité sud du Grand Canal, la masse blanche, imposante, de la basilique Santa Maria della Salute était un point de repère visible de loin. Il l'avait vue maintes fois en photo mais n'arrivait pas à croire qu'elle était là, devant ses yeux émerveillés. Le jeune garçon était si captivé par le spectacle qu'il en avait oublié de manger. Il s'efforçait de graver chaque détail dans sa mémoire afin de s'en souvenir plus tard, quand cette parenthèse enchantée se refermerait sur la routine de sa vie. Il n'était jamais parti en vacances. Hormis pour assister au concours Arpèges, l'an dernier, il n'avait jamais quitté l'atmosphère de Seraing, pas même pour une excursion sur la côte de la mer du Nord, et le voici qui écarquillait les yeux sur ce décor de théâtre. D'ailleurs, il n'avait jamais vu la mer, ni une montagne, ni une ville d'art et il remerciait le destin pour ce cadeau. Il s'abandonnait à cette idée qu'une Providence aurait spécialement veillé sur lui et contribué à sa joie. Soudain, en réalisant que les façades flamboyaient dans le coucher de soleil, il se retourna vers la Pietà et vit que la foule s'y pressait. Alors, il étira ses membres endoloris par l'immobilité et quitta son banc pour se diriger à son tour vers l'église. Ses joues brûlaient. Il devait avoir pris un coup de soleil d'être resté prostré des heures durant, à regarder les reflets danser sur les vaguelettes. Ce n'était pas à l'ombre du mur de la rue Cockerill que cela risquait de lui arriver ! Il avait toujours été si pâle qu'enfant sa mère s'en inquiétait. Quelques chats erraient autour du parvis en quête d'un peu de nourriture abandonnée par les touristes. Il se pencha pour en câliner un qui se frotta contre lui, passant et repassant son museau sur sa main amicale. Vénérés dans le passé depuis qu'ils avaient sauvé Venise de la peste, tolérés aujourd'hui, ces créatures peu farouches se multipliaient sans vergogne.

Kevin se présenta dans le narthex, muni de son carton d'invitation. Il l'avait tant caressé au fond de sa poche qu'il était tout écorné. La dame, à l'entrée, le prit et lui dit quelques mots d'italien qu'il ne comprit pas. Il pénétra dans le lieu saint, intimidé par sa solennité.

L'intérieur était dessiné sur un plan ovale, élégant et rehaussé au plafond d'une fresque de Tiepolo qui s'épanouissait dans un grand décor baroque avec des effets de ciel. Les volutes de l'architecture rococo en vogue à l'époque et le sujet d'inspiration biblique visaient à émouvoir le spectateur et à le toucher par leur éloquence.

Il était presque honteux de comparer cela à « son » église de Seraing. C'était comme s'il commettait une infidélité envers celle qui l'avait pourtant épaté en d'autres temps.

— Pardon, sainte Anne, murmura-t-il.

La grisaille[1] du grand autel qui représentait le roi David était du même peintre. Peu importait à Kevin d'être ignorant de toutes ces choses. Il était sans complexe et, comme pour la musique de Lionella, il lui suffisait d'être bouleversé par ce qu'il voyait ou entendait pour goûter à des plaisirs inattendus.

Une dame brune en robe de soirée, toute rutilante de bijoux, vint se placer devant l'autel sous les applaudissements des spectateurs et prit la parole pour le fameux discours d'usage. Kevin ne comprenait rien à cette langue italienne mais, comme pour une jolie mélodie, il aimait en écouter les sons et l'entendre chanter.

Cependant, la dame, présidente de l'Institut provincial pour l'enfance Santa Maria della Pietà, expliquait au public la vocation de l'actuelle institution, qui accueillait toujours enfants abandonnés et mères en détresse, dans la tradition de l'ancien hospice fondé en 1346.

Elle parlait avec dévotion de l'atelier pédagogique « Jardin de la Pietà » et du « Centre petite enfance », dispositifs éducatifs s'adressant aux usagers du territoire. Elle ajouta que d'autres projets novateurs

1. Peinture en camaïeu gris, utilisant des différences de nuances pour marquer les ombres, donnant ainsi l'illusion du relief et de la sculpture.

comme un espace neutre, une écoute protégée, un accueil et un hébergement complétaient le tableau d'assistance sociale de la Pietà. Après une courte pause, elle aborda l'aspect culturel.

— Dans le cadre de son activité et pour l'accomplissement de ses missions, la Pietà a mis à la disposition des résidents, des chercheurs et des touristes le patrimoine culturel provenant du parcours ancestral accompli par l'Institut. Une visite aux archives historiques émeut par les témoignages qui ont accompagné à travers les siècles des milliers de cas d'abandons d'enfants par des mères seules et désespérées. Le Petit Musée Vivaldi suscite l'intérêt et l'émerveillement par ses précieux instruments baroques, par le rappel constant de la présence du grand compositeur Antonio Vivaldi et par les vicissitudes des filles du chœur. Dans cette église Santa Maria della Pietà qui a accueilli le génie artistique, en peinture et en musique, se confond une perfection visuelle et sonore que le visiteur gardera pour toujours dans le cœur.

Elle suspendit son allocution, se retourna vers les colonnes derrière l'autel et fit un geste de bienvenue. Lionella apparut, rayonnante dans une robe écarlate contrastant avec toute cette blancheur de l'église. Une star !

Kevin était stupéfait par sa beauté. Son visage, d'habitude laiteux, à la peau si transparente qu'on pouvait y voir battre des veines bleutées à ses tempes, était hâlé. Ses joues ressemblaient à des abricots mûrs. Elle s'était épanouie au soleil comme un fruit d'été. L'air de Venise lui réussissait.

La présidente la remercia pour sa présence et pour avoir fait don du cahier d'Ada aux archives.

À son tour, Lionella prononça son message dans la langue de Dante. Kevin devinait qu'elle racontait une fois de plus l'histoire de la sonate car, de temps à autre, il saisissait le prénom « Ada », enrobé d'un flot de mots en cascade.

Très impressionnée de se retrouver dans cet environnement prestigieux, elle hésitait souvent sur le choix de ses mots. Pour se rassurer, elle déplia un bout de papier sur lequel son texte était écrit.

— C'est avec beaucoup d'émotion que je vais interpréter en ce lieu originel la *Sonate pour violoncelle et basse continue en mi mineur*, celle qu'on appelle désormais « la sonate d'Ada ».

Un murmure courut dans l'assistance.

— Ada, qui a si bien assimilé l'art que son génial professeur, Antonio Vivaldi, lui a enseigné. Dans ses mouvements rapides, elle a utilisé des variations de danses tandis que pour les mouvements lents, elle a écrit des airs dont la ligne est très proche de la voix, sans doute à cause de l'influence quotidienne de ses compagnes du chœur. Elle rend hommage à toutes ces vies qui n'ont laissé aucune trace, pas même dans l'histoire de la musique, alors qu'elles avaient tout consacré à cette discipline. Ada, ambassadrice de ses camarades anonymes, nous rappelle que tout passe, tout meurt, sauf l'art, sauf la musique.

Le public, conquis, l'acclama et Kevin, qui n'avait rien compris, se joignit à eux avec ferveur. Il eut la grande surprise de voir surgir du transept gauche l'incontournable M. Sohet, qui la rejoignait. Comme d'habitude ils s'installèrent côte à côte.

Dès le premier coup d'archet, les vibrations se répandirent dans l'église à l'acoustique exceptionnelle. Dans ce lieu d'une grande beauté et chargé d'histoire, Lionella avait le pouvoir de ressusciter le son de l'âge d'or de la lutherie avec son violoncelle Goffriller, véritable œuvre d'art. Tout à la fois chaleureux et boisé, il permettait une totale inventivité de l'articulation, qui justifiait sa grande valeur. Lionella, audacieuse et agile, se montrait virtuose avec des *allegri* endiablés. Un brio qui autorisait chaque note à vivre sa propre intensité dans l'espace de cette église. Elle tint l'auditoire prisonnier de sa mélodie, l'enfiévra au caprice de ses variations contrastées, comme le ressac de la mer, parfois violent, parfois paisible. Et lorsque la dernière corde eut fini de palpiter sous l'archet, on entendit encore résonner la note, suspendue dans l'espace, plusieurs secondes durant lesquelles l'assemblée retint son souffle. Puis, le silence qui recouvrait les ultimes vibrations fut rompu par une salve de bravos qui tirèrent Lionella de son rêve. Elle se leva pour saluer conjointement avec M. Sohet, tandis que la présidente se hâtait, les bras chargés d'un énorme bouquet de roses. Ce fut le signal : beaucoup se précipitèrent vers elle pour lui offrir fleurs et compliments. Elle était submergée par cette nuée d'admirateurs, distribuant une poignée de main à l'un, un baiser à l'autre ou encore un mot de remerciement. Elle croulait sous une marée fleurie qui menaçait de l'étouffer et avait complètement disparu de la vue de Kevin, trop timide pour approcher. Longtemps après, quand la ferveur se fut calmée et tandis que la foule s'égrenait vers la sortie, elle remarqua son ami, sagement assis sur sa chaise.

— Kevin ! cria-t-elle, et elle accourut vers lui, plantant là les traînards qui l'entouraient encore.

Kevin, qui n'avait pipé mot, se leva d'un bond et se laissa embrasser fougueusement. Il lui remit un petit paquet enrubanné entre les mains.

— Pour moi ? dit-elle, surprise, en arrachant l'emballage.

Elle ouvrit la boîte et en sortit... un briquaillon. Un morceau du mur de la rue Cockerill !

À son regard interrogateur, Kevin répondit en riant :

— Afin que tu n'oublies jamais d'où tu viens.

— C'est très joli, dit-elle, amusée. Il sera du plus bel effet sur ma cheminée. On peut dire que tu as le chic pour faire des cadeaux originaux, toi !... À quoi bon fleurs ou rivières de diamants tape-à-l'œil ? plaisanta-t-elle. Jamais ils ne pourraient rivaliser avec un fragment de brique ou une médaille coupée, ça, c'est sûr ! Ils ne risquent pas de passer inaperçus !

Elle regarda vers l'autel et vit que son précieux et fidèle M. Sohet, comme à l'accoutumée, veillait et s'occupait de tout : du public, de la présidente et du violoncelle.

— Vite, partons d'ici ! dit-elle.

— Encore ! C'est une marotte, chez toi !

Pour toute réponse, elle lui prit la main et l'entraîna vers le portail.

— Tu as déjà visité un peu ? demanda-t-elle.

— Non, c'était trop beau ici quand j'ai débarqué du *vaporetto*, j'étais cloué sur place ! Je n'ai pas pu aller plus loin.

Elle l'emmena vers la droite. Ils franchirent deux ponts en dos d'âne, puis gravirent les marches d'un troisième et se figèrent face au pont des Soupirs éclairé dans la nuit.

— Voilà ! Tu ne pouvais tout de même pas venir à Venise sans le voir ! Même si c'est cliché, c'est le pont le plus célèbre, dit Lionella.

— Je ne l'imaginais pas si petit…

— Il est joli mais c'est surfait. Et il n'est pas le symbole des amoureux comme tu pourrais le croire !

— Non ?

— Ça, c'est une légende. Les soupirs qui s'en échappaient n'étaient pas ceux des amants mais bien des condamnés qui le franchissaient pour aller à la prison.

— Il est fermé comme un coffre ! dit Kevin.

— C'est parce que les cris des hommes qui clamaient leur innocence, ou qui appelaient au secours, devaient être étouffés.

— Secrets bien gardés…

— Et aucun risque d'évasion !

— Et Casanova ?

— D'accord, c'est l'exception qui confirme la règle, mais pour un qui a réussi à s'échapper, combien sont morts oubliés dans les geôles sordides ?

— Avec cette vue sur la lagune une dernière fois. Tu imagines ! La dernière image de la liberté pour ceux qui devaient finir leur vie en captivité…

— Moment d'intenses regrets et de tristesse, dit Lionella, en s'accoudant au parapet de pierre. Venise est la scène d'un théâtre bâti sur une plate-forme de bois.

— J'ai lu qu'elle est perchée sur une vaste forêt souterraine.

— Oui, sur une charpente de poutres, le *zatterone*.

Une légère inquiétude s'empara de Kevin à cette évocation.

— C'est une danseuse étoile qui fait des entrechats sur les pointes de ses pieux ! ajouta-t-elle.

Kevin tentait de se rassurer en se disant que si elle avait résisté des centaines d'années, elle tiendrait encore au moins quelques jours. Lionella, perdue dans ses rêves lyriques, poursuivait :

— Venise est une ogive. Le dessin des fenêtres en « gothique trilobé », c'est sa signature, dit-elle en esquissant un contour de trèfle sur le parapet. Il suffit de tracer cette forme pour l'évoquer.

— Et elle est en or, renchérit Kevin, pris au jeu de la relance, comme au temps de leur enfance. Y a de l'or partout ! Aux frontons, sur les églises, dans l'eau au soleil couchant quand la lagune est recouverte d'un voile doré.

Amusée par le souffle poétique inhabituel de son compagnon, Lionella ajouta :

— C'est un dédale ! Des centaines de ruelles oubliées, disparues, secrètes et méconnaissables. Tu les suis dans une direction et elles se transforment quand tu y repasses par hasard, pour mieux te perdre dans leur labyrinthe !

— Peut-être que des fantômes continuent à chercher éternellement leur chemin !

— Et tous ces ponts qui ont des noms étranges : pont des Soupirs, de la Bonne Aventure, du Diable, de la Guerre, du Paradis, de l'Enfer, des Assassins, de la Femme honnête, des Morts... Tu vois, la poésie est partout ! Rêver ici est facile.

— Eh bien ! Quelle philosophe tu es devenue ! dit Kevin mi-moqueur, mi-étonné.

Elle rit de bon cœur.

— Tu te souviens que je disais à mes parents que je voulais faire des études de langues romanes ou de philosophie ?

— Oui, au grand désespoir de ta mère.

— C'est vrai, la pauvre... C'était surtout par bravade, pour la punir, parce que j'étais mal dans ma peau d'ado.

— Elle serait devenue folle si tu avais lâché la musique !

— Moi aussi... Même si la philosophie me tentait bien un peu, pour rien au monde je n'aurais fait un autre choix. Je ne regrette rien.

— On peut dire que tu avais l'esprit de contradiction. Tu étais une vraie casse-pieds !

— Le goût de la provocation de l'adolescence...

— Qu'est-ce que tu pouvais être chiante !

— Au fond, provoquer, j'adore toujours ça !

— Tu sais ce que tu devrais faire ?

— Quoi ?

— Jeter le briquaillon dans le canal, sous le pont des Soupirs.

— Et ma garniture de cheminée, alors ?

— Allez !

— Pourquoi ?

— Un morceau du lieu mythique de Seraing sous le lieu mythique de Venise. Les deux villes réunies pour toujours puisque nous sommes à fond dans le symbolisme.

— D'accord, dit Lionella en sortant de son sac le fragment de mur.

— Attends ! Il faut faire un vœu !

— OK !

Elle ferma les yeux, réfléchit un instant puis jeta le morceau de brique aussi loin que possible en direction du pont. Il y eut un grand plouf avant que les eaux obscures ne se referment sur son souhait secret.

Kevin la prit alors dans ses bras et lui fit faire un demi-tour côté lagune.

L'ombre noire d'une gondole glissait sur le reflet argenté de la demi-lune profilée comme une médaille coupée.

Un peu d'histoire

Ce roman se fonde sur des personnages historiques tout en restant une œuvre d'imagination. Il est fidèle à une époque et à des faits réels qui s'y sont déroulés. J'ai utilisé ce que l'on sait de certains personnages historiques et je les ai mêlés à d'autres inventés. À l'aide de documents et d'archives, j'ai créé la personnalité d'Ada et sa relation avec Vivaldi et, tel le peintre qui cherche à représenter sur sa toile les figures du passé, j'ai tenté de rendre vivant l'art musical du XVIIIe siècle à Venise.

Il est indéniable que le développement de la musique vénitienne est lié aux *ospedali,* ces institutions créées par la Sérénissime pour les enfants orphelins, abandonnés ou illégitimes. Au cours des siècles, ils sont devenus des conservatoires où l'on y enseignait la musique aux jeunes filles qui y vivaient recluses.

Aujourd'hui, le plus célèbre d'entre eux est celui de la Pietà, car Vivaldi y fut professeur durant une grande partie de sa vie. Il y forgea sa réputation de brillant compositeur mais fit aussi la renommée des *figlie di coro* pour lesquelles il composa. Elles chantaient comme des anges et jouaient du violon, du violoncelle, du cor et de la contrebasse, dissimulées à la vue du public, derrière des grilles que l'on peut encore voir aujourd'hui. On accourait de toute l'Europe pour les écouter. Les dons affluaient et l'*ospedale* put s'offrir les meilleurs instruments, dont ceux de *Matteo Goffriller,* qui était un Maître de la lutherie vénitienne, à l'instar de *Stradivarius* à Crémone.

De ces anonymes, il ne reste presque rien. Quelques objets de reconnaissance laissés par les parents qui les abandonnaient, quelques broderies et dentelles confectionnées avec délicatesse, quelques prénoms écrits de la main de Vivaldi sur des partitions, à l'instar de la médaille coupée d'Ada, et de son surnom, « Ada dal violoncello ». Le *maestro* lui-même, après tant de gloire, tomba dans l'oubli pour longtemps et ne fut redécouvert qu'à la seconde moitié du XXe siècle. S'il a parfois été mésestimé pour son côté trop populaire et galvaudé, il est aujourd'hui enfin reconnu pour son talent inestimable de maître de la musique baroque, véritable initiateur du concerto de soliste qui n'aurait pas été possible sans cette complicité avec les filles de la Pietà.

Sources

Articles et ouvrages :

Alexandre-Toussaint de LIMOJON, *La Ville et la République de Venise*, 1680.

Charles de BROSSES, *Lettres familières écrites d'Italie*, 1739-1740.

Jean-Jacques ROUSSEAU, *Les Confessions*, 1782-1789.

Carlo GOLDONI, *Mémoires de M. Goldoni pour servir à l'histoire de sa vie et à celle de son théâtre*, 1787.

Giacomo CASANOVA, *Histoire de ma vie*, 1789-1798.

Romain ROLLAND, « L'Opéra populaire à Venise », *Le Mercure musical*, 1906.

Chefs-d'œuvre de l'art. Grands musiciens. Vivaldi, Hachette-Fabbri, 1967.

René CRINE, *En parcourant les rues de Seraing*, 1970, édité par la commune de Seraing.

Sites Internet :

http://www.musicologie.org/Biographies/vivaldi_antonio.html

http://www.caffeflorian.com

https://oliaklodvenitiens.wordpress.com/

https://e-venise.com

Remerciements

Merci à Deborah Pase, de l'Archivio Storico della Pietà, qui m'a si gentiment servi de guide, m'a donné toutes les explications nécessaires et m'a ouvert les archives du VI.VE. Vivaldi Venezia Percorso museale della Chiesa della Pietà.

Merci également à Richard Lejeune, lecteur et correcteur de la première heure.

Sans t'oublier, Amedeo, pour ta patience et ta compréhension.

VOUS AVEZ AIMÉ CE LIVRE ?

Découvrez ou redécouvrez au **Livre de Poche**

LA VIE D'UNE AUTRE ORPHELINE DE LA PIETÀ

STABAT MATER

TIZIANO SCARPA

N° 32712

Cecilia, la narratrice, est orpheline. Elle a été abandonnée à sa naissance et recueillie par l'hospice de la Pietà, à Venise. Le jour, masquée et dérobée au regard du public, Cecilia joue du violon. Dans cet univers confiné, la musique est sa seule source de joie et de réconfort, tandis que chaque nuit elle parle et écrit à cette mère inconnue dont l'absence la fait cruellement souffrir. L'année de ses seize ans, un nouveau professeur de musique vient remplacer le vieil abbé qui officiait auparavant : un jeune prêtre aux cheveux roux, Antonio Vivaldi.

UN GRAND CONCOURS DE MUSIQUE... POUR JEUNES PRODIGES

LA SOCIÉTÉ DES JEUNES PIANISTES

KETIL BJØRNSTAD

N° 30965

La Société des jeunes pianistes, c'est le nom que s'est donné un groupe d'adolescents passionnés, à Oslo, à la fin des années 1960. À la fois amis et rivaux, ils ont en commun l'amour de la musique ; pourtant, un seul remportera le concours du « Jeune Maestro ». Tous vont subir une terrible pression de leur entourage, mais surtout d'eux-mêmes. La Société des jeunes pianistes *est un roman initiatique, grave et subtil, qui évoque le désir, la vie, la mort.*

LA SÉRÉNISSIME ET LA FASCINATION QU'ELLE EXERCE SUR TOUT UN CHACUN

LA MORT À VENISE

THOMAS MANN

N° 1513

C'est peut-être dans ses nouvelles que l'écrivain allemand Thomas Mann (1875-1955) a mis le meilleur de sa verve ironique et de sa sensibilité, de son émotion discrète, qui se drape volontiers de sarcasme. La Mort à Venise *est le récit de la passion fatale qui saisit un écrivain d'âge mûr à l'apparition d'un adolescent d'une extraordinaire beauté.* Dans Tristan, *le dilemme qui s'offre à l'héroïne est de tenter de vivre en étouffant ses dons d'artiste ou de « mourir de musique ». La fin de Lobgott Piepsam, dans* Le Chemin du cimetière, *prouve que la vie est dure aux faibles, mais que la mort vaut mieux que la débâcle d'une constante lâcheté.*

PAPIER À BASE DE
FIBRES CERTIFIÉES

Le Livre de Poche s'engage pour l'environnement en réduisant l'empreinte carbone de ses livres. Celle de cet exemplaire est de :
300 g éq. CO_2
Rendez-vous sur
www.livredepoche-durable.fr

Composition réalisée par PCA

Achevé d'imprimer en novembre 2016 en Italie par
Grafica Veneta
Dépôt légal 1re publication : janvier 2017
LIBRAIRIE GÉNÉRALE FRANÇAISE
21, rue du Montparnasse – 75298 Paris Cedex 06

72/4837/3